최보윤

혼자있기를 좋아하지만 어울리는 것도 좋아합니다
어울리는 걸 좋아하는 만큼 혼자 있는 것도 좋아합니다
말이 없고 말하는 걸 좋아하지않는데  말하는 일이 직업입니다
사주팔자에 말하는 일이 직업이라고 나와있습니다
이따금씩 독심술을 씁니다
다시 태어난다면 인간으로는 절대 태어나지 않겠다고 다짐했습니다

글과 종이와 책, 독립출판물을 통해 개인을 표현합니다.
책을 편집하다 인생의 전환점을 발견하고는
그 길로 편집디자이너로, 독립출판물 창작자로서 도전을 하고 있습니다.

| | |
|---|---|
| 등록 | 제 369-2024-000008호 |
| 주소 | 울산광역시 중구 장춘로 100, 2층 |
| 이메일 | studioyunbo@naver.com |
| 인스타그램 | @studio_yunbo |

## 감정의 쓰레기통

| | |
|---|---|
| **초판 발행** | 2017년 7월 7일 |
| **개정판 1쇄 발행** | 2020년 12월 19일 |
| **개정판 2쇄 발행** | 2024년 8월 12일 |

| | |
|---|---|
| **지은이** | 최보윤 |
| **사진 · 편집 · 디자인** | 최보윤 |
| **펴낸곳** | 윤보북스 |
| **ISBN** | 979-11-988383-1-5 |
| **값** 16,000원 | |

# 감정의 쓰레기통

매일 매일을 수많은 사람들의 소원과 기도와 구구절
절한 사연들을 듣고 있노라면 부처님도 상당히 극한직
업일거란 생각이 들었다.

　　감정의 쓰레기통이 될 수 밖에 없다는 상담사 선생님
의 말씀이 이해는 되지만 싫다.

# 감정의 쓰레기통

최보윤

## 이야기를
## 시작하며

"세상 사람들의 이야기가 78조각으로 나뉘어져
그림 속으로 들어갔다네
점쟁이는 그 그림을 읊어대어
이야기는 밤낮으로 전해졌다네."

    감정의 쓰레기통으로 취급받는 직업의 특성상 많게는 20명 정도의 사람들을 매일 대면합니다. 손님들의 이야기는 대부분 한숨이 섞인 푸념과 하소연 따위가 많습니다. 간혹 삶에 대해 진지한 고민을 하는 사람들도 있긴 합니다만 대부분의 쓰레기들을 통해서 알 수 있었던 것은 인간에게서 볼 수 있는 가장 나약하고 추잡하고 이기적인 모습들 뿐이었습니다. 어느 순간부턴가 사람들이 버리고간 이 쓰레기들이 가슴 속에 쌓이고 쌓여 인간을 싫어하게 되는 직업병을 얻었습니다. 삶의 가치와 인간에 대한 회의감, 그리고 일종의 혐오가 생기는 것이 그 증상입니다.

그 간 사람들이 버리고간 쓰레기들을 모아모아 활용하려합니다. 좁은 공간, 작은 책상 앞에 마주앉아 카드 몇장을 뒤집고 점을 보며 먹고 살았습니다. 지긋지긋한 전애인 같은 이 직업을 절대로 다시는 안 만날 것처럼 2번이나 때려치우고 3번째 또 시작했다가 딱 10년째 되는 해에 영원히 벗어났습니다. 애증으로 얼룩진 이 직업과 일하면서 겪은 고통, 손님들의 면면, 사람들의 이야기를 들려드리려합니다. 물론 이건 엄밀히 따지자면 제 자신을 치유하기 위함입니다.

이야기를 시작하며 │ 10

중은 제 머리를 스스로 못 깎는 법 │ 15

Notice : Listening Fee 들어주기 수수료 안내 │ 23

나의 선택으로 스스로 걸어가는 것 │ 27

나는 누구인가 또 여기는 어디인가 │ 33

늘 그렇게 사셨잖아요? │ 37

당신이 셜록 홈즈나 명탐정 코난이 아니라면 │ 45

마음은 느끼는 거지 판단하는 게 아냐 │ 57

누군가는 개를 키우면 안되듯이 당신은 연애를 하면 안된다 | 67

나이는 먹었고 연애는 어려워 | 75

누구를 위해서죠? 뭘 위해서죠? | 85

결혼을 하셨습니까? 아니면 결혼을 해치우셨습니까? | 103

언제부터 사람들이 점을 그냥 보기 시작했을까? | 109

타로를 볼 때 가장 중요한 것은 "질문" | 115

Q & A / Interview / Bullshit and Stereotypes About Tarot cards | 122

귀를 닫고 입을 닫고 | 147

# 중은 제 머리를
# 스스로 못 깎는 법

"그런 경험 느껴본적 있지 않아?
세상이 모두 잿빛으로 보이고
생명이 붙어있는 그 어떤 것에서도
생기를 느낄 수가 없는 그런 거."

밤새 내내 잠이 오질 않았다. 새벽 4시가 넘었으니 곧 하늘이 어슴푸레하게 밝아올 것이다. 수심이 사람을 이토록 고통스러운 불면에 빠지게 한다는 것을 몇 달간 몸소 체험하는 중이다. 빛 하나 들어오지 않는 캄캄한 방 속에 갇힌 기분이랄까. 출구도 없고 내 얼굴과 몸뚱아리가 어디 붙어있는지조차 알 수 없는 어두운 공간에서 그저 숨 쉬는 것만이 허락된 그런 갑갑함과 고립감만이 느껴진다. 살다보면 힘들고 고달픈 시기가 찾아오기 마련인데 최근 몇 년 동안이 나에겐 그런 시기이다. 모든 걸 비판하기 정말 쉬운 그런. 그리고 신성한 태양이 밝아옴이 일종의 공포가 되는 밤을 매일 겪고 있다. 해가 뜨면 또 하루를 꾸역꾸역 살아내야한다는 생각에 잠이 들 수가 없다. 잠이 들어버리면 잠에서 깨 일어나 눈을 뜨고 어떻게든 하루를 시작하고 버텨내야하니까.

밤을 그렇게 지새운 뒤 첫 버스를 타고 산으로 향한다. 어른들 말이 그 산에 있는 석불상은 소원 하나씩은 꼭 들어준다고 했다. 포기하고 싶어질 때 마다 구원이라도 받을 수 있지 않을까 하는 기분에 종종 이 석불상을 찾는다. 그렇다. 하소연하고 빌 곳이 필요하다. 정말로 소원을 들어준다면 거지같은 인생의 굴레에서 제발 좀 탈출하게 해달라고 빌러가는 중이다. 이런 찌질한 하소연이라도 주저리 뱉어내야 막힌 숨을 쉴 수 있을 것 같다.

이른 시간인데도 버스는 진작에 만차다. 젊은 사람은 나 혼자 밖에 없다. 다들 그 산으로 그 석불상에게로 간다는 것을 물어보지 않아도 알 수가 있다. 다들 무슨 사연이 있는 걸까? 무슨 힘든 일을 겪고 있는 걸까? 뭘 그렇게 간절히 바라는 것 일까? 무슨 소원을 빌고 싶은 걸까? 제각기 다른 사람들이 저마다의 소원을 빌러 간다.

사람들을 둘러보다가 '나도 남들과 무엇 하나 다를 바 없구나'라는 생각이 문득 든다. 비슷하게 가난하고, 비슷하게 외롭고, 비슷하게 의지하고 기댈 곳이 필요한 한 명의 무너져가는 인간이구나라고. 그저 속으로 신세한탄과 막연한 기대만 있을 뿐이지 왜 그 석불상에게 가는 건지, 무슨 소원을 정확히 왜, 뭣 때문에 빌고 싶은 건지도 사실은 잘 모르겠다. 몇 번을 오르내린 길이지만 나는 아직도 무엇을 원하는지 찾지 못 한 채 소원만 곱씹으며 산을 오른다. 그리곤 그 소원이 이루어질 것 같은 착각에 의존하기 시작한다. 혹여나하는 믿음이 몸과 마음을 지배하는 기분에 잠시 동안 삶을 낙관하게 된다.

사람들은 절을 하고 기도를 한다. 나는 가만히 앉아 불상을 쳐다봤다. 불상의 미간은 한껏 찌그러져 있다. 적어도 내 눈엔 그래보인다. 뭐랄까 마치 나를 한심한 수행자나 제자 보듯이 쳐다보며 꾸짖는 듯하다. "또 왜 왔냐? 한심한 소원 따위나 빌려고 나를 일시키는 것이냐? 썩 돌아가라! 네 소원은 들어줄 가치가 없다!"라고 그 한껏 찌그러진 미간이 나에게 말하는 것 같다. 희한하게도 불상에겐 표정이 있다. 처음 만났을 땐 분명 신비스럽고 온화한 표정이었지만 근래 이 불상을 찾을 때

마다 불상의 표정은 늘 저렇게 찌그러져 화를 내는 표정이다. 그 표정의 의미를 열댓 번씩이나 산을 오르내려서야 알게 됐다. 나는 그저 막연한 이 답답함을 해결해 줄 어떤 존재에 그냥 기대고 싶은 것 뿐이다. 그렇다. 소원을 빌러온 게 아니다. 요행을 빌러온 것이다. 신이든, 불상이든, 부처님이든, 사람이든, 지나가는 강아지든 누구라도 좋으니 제발 기적 같은 삶의 변화를 대신 이뤄줬으면 하는 것이다.

아, 얼마나 곤욕스러울까. 나 같은 한심한 인간들이 현실도피나 하려고 이렇게 찾아와 요행이나 빌고 앉아 있으면. 그리곤 그 요행을 마치 소중한 바램인 듯 간절해하는 그 면면들이 얼마나 하찮게 느껴질까. 잠시나마 불쌍하게 느껴졌다. 나야 일을 때려치우면 그만이지만 움직일 수도 없는 이 불상은 매일 감정의 쓰레기통으로 어떻게 살아가는 것일까? 그냥 이것이 내 운명이요, 업보요, 팔자요 하는 걸까? 그렇다면 난 이렇게 말하고 싶다.

"아이고 망할 놈의 내 팔자야!!"

5월의 산은 새파랗다. 세상천지가 초록이 되는 계절. 눈부시게 파란 초록의 5월이지만 내 마음은 커다란 잿

빛이다. 생기하나 없는 잿빛. 둘러보는 곳곳이 다 녹색이지만 이 풍경이 아름답게 느껴지지 못하는 것은 내 마음과 눈이 칙칙하기 때문 일 것이다. 학교 다닐 때 선생님이 하셨던 말이 생각났다. 마음이 삐뚤면 바느질도 삐뚤빼뚤하게 된다고.

나는 알고 있다. 왜 석불상이 한심한 소원 따위 집어치우고 썩 꺼지라 했는지. 산을 내려오며 곱씹었다. 산을 내려가 일상으로 돌아가도, 내일이 되어도, 모레가 된다 하더라도 '달라지는 것은 없다'는 것을 말이다. 한껏 찌그러진 불상의 미간이 말하던 게 이것일 것이다. 삶을 그냥 받아들이라고. 내가 겪어야할 일들이라면 그것이 물에 씻겨 떠나갈 때까지 받아들일 수밖에 없다고. 그리고 내가 손님들에게 늘 하는 말도 그 것이다.

"이걸 수백 번 수천 번 본다고 달라지는 건 없어요."

손님들이 나를 찾는 연유도 비슷한 그 무엇일까? 하지만 그들도 매번 나에게 요행과 좋은 점괘만을 바란다. 그럼 나는 신적인 존재일까? 그들은 나를 신이라 생각하는 것일까?

저는 신이 아닙니다.

요행을 바라지 마세요.

하소연 들어주고

당신이 원하는 인생을 만들어주는

창조주가 아닙니다.

저는 점쟁이에요.

물음에 대답해주고 예측해주는 것,

그게 제 일이에요.

그러니 저에게 뭔가를 기대하지마세요.

좋은 얘기 듣고싶다고 해서

좋은 얘기 해드리지 않습니다.

좋은 얘기 듣고 기분이 홀가분해진다고

인생역전이 일어나지도 않아요.

# Notice : Listening Fee
# 들어주기 수수료 안내

할아버지는 안경을 추켜올리며 말했다.
"사람들이 얼마나 타인을 쉬이 여기는지 아는가?
그런 인간들 덕분에 세상 모든 것에 가격표가 붙어버렸지.
근데 또 다른 인간들 비위를 맞추느라 공짜도 많아져버렸어.
진정한 가치를 알 수 없는 세상이 되어버렸다네."

　　누군가의 얘기를 들어주는 것이 얼마나 힘든 일인지 아십니까? 언제부턴가 많은 분들이 타로점을 '무료상담소'처럼 여기고 '무작정 답답함을 하소연 하러가는 곳, 누가 내 얘기들어줬으면 해서 가는 곳'이 되어버렸습니다. 저는 2010년 처음 이 일을 시작했을 때부터 제 직업을 단 한번도 '상담사'라고 여긴 적이 없습니다. 저는 그림이 그려진 카드로 점을 쳐주고 상황을 예측하고 물음에 대답해드리는 '점쟁이'입니다.

하루에 몇 명의 사람을 만나고, 마주하고, 대화를 하십니까? 저는 매일 20명씩, 아니 매일 적게는 10명씩 최소 10분에서 길게는 한시간씩 못나고 추악한 자기합리화, 자기변명, 이기적이고 위선적인 태도, 요행, 하소연, 불만, 불평을 반복적으로 듣습니다.

상담이 필요하고 누군가의 도움이 필요하시다면 전문 심리상담을 하시는 분들이나 의사를 찾아가세요. 저는 심리학을 배워본 적도 없고, 상담을 배워본 적도 없고, 관련 학위도 없으며 심지어 정신과 의사도 아닙니다. 하물며 이걸 상담이라 여기고 30분에서 한시간 이상 제 시간과 노동력을 사신다면 그에 걸맞고 합당한 돈을 지불하시는게 어떻습니까? 또한 정말 저를 상담사라고 여기신다면 실제 상담사들이 받는 금액만큼 지불하셔야 하는 것 아닌가요?

주변 지인들에게 고민상담을 들어주신 적이 있으십니까? 한시간씩, 두시간씩, 혹은 몇 날 몇 일을요. 그 것을 만일 노동력으로 환산하여 돈으로 받을 수 있다면 얼마를 책정하여 받으시겠습니까? 여러분들이 느끼시기에 그 노동력이 고작 햄버거 하나 사먹을 5,000원어치로 느껴지시나요? 남 얘기를 들어주는 일이 그렇게 저렴하고 힘 하나 안드는 일처럼 보이십니까? 여러분들은 상담을 원하시는게 아닙니다. 누가 내 기분에 동조해주고 편들어줘서 위로나 공감이라는 명목으로 인정받는 기분을 느끼고 싶은 것이고, 그런 누군가를 감정의 쓰레기통으로 여기고 싶은거죠. 특히 지금 저를요.

그리하여 추가요금에 대해 안내해드립니다. 잡담이나 하소연, 불평불만을 늘어놓느라 시간이 길어질 경우 30분에 2만원, 1시간에 5만원의 추가요금이 발생합니다. 실제 전문 심리상담사 분들은 시간당 5만원에서 많게는 10만원 그 이상도 호가합니다. 이 요금체계가 납득이 어려우시다면 조용히 다른 곳을 가시면 됩니다. 길바닥에 천지 널린게 타로점집이고, 단돈 5,000원으로 누군가를 감정의 쓰레기통으로 만든 뒤 홀가분해진 기분과 상담을 받은 듯한 기분을 느끼실 수는 있을겁니다. 그러니 제발 남의 노동력, 기술, 전문지식을 제시된 가격만 가지고 함부로 여기지 말아주세요. 지불하는 금액이 적다고 그 직업이 절대 하찮은 일이 아닙니다.

# 나의 선택으로
## 스스로 걸어가는 것

"곧 비가 올테니 우산을 가지고 가.
물론 우산을 가져가고 안 가져가고는 너의 선택이지만."

　타로점을 가장 쉽게 이해할 수 있고 그 용도와 개념을 가장 잘 비유할 수 있는 것이 바로 일기예보와 평행우주입니다. 사실 타로에 대한 그 기원과 역사가 정확하게 전해지지 않아 '타로점은 무엇이다'라고 저도 확정지어 말 할 수는 없습니다. 각종 설들과 추측들만 있을 뿐이에요. 그래서 많은 분들이 잘 모르거나 오해를 하는 경우들이 많습니다. 기본적으로 점성술, 사주와는 그 맥락과 쓰임새가 전혀 다릅니다. 저들은 생년월일과 시간으로 질문자가 인생 전반에 걸쳐 겪게 될 길흉화복과 시기, 흐름 등을 알 수 있지만 타로는 그런 인생 전반이나 운명을 보는 점이 아닙니다. 그래서 '구체적인 질문'이라는 게 필요합니다. 질문자가 질문한 것이 가까운 시일, 단기간 내에 어떻게 일어나는지, 어떤 상황이 되는지 그 상황을 '예측'하는 게 기본적인 방식입니다. 인생을 봐드릴 수가 없어요. 마냥 10년뒤에 어떻게 될거다, 몇 살에 결혼할거다, 언제쯤 운이 좋아서 성공할거다 등등을 말씀드릴 수가 없습니다. 게다가 길어야 6개월내지 1년정도 내의 상황을 대답해 줄 수가 있습니다. 기상을 예측하는 데도 변수가 잦듯이 사람 인생사도 변수가 잦습니다. 당장 내일의 날씨를 예측하는 것도 오류가 생기는데 20년후의 날씨는 무슨 근거로 판단할 수 있겠습니까? 2059년 3월 7일의 날씨는 과연 맑을까요? 추울까요? 비가올까요?

아무래도 사주가 보편화 되어있기에 그냥 점이라하면 사주랑 비슷하거나 혹은 그냥 미래와 내 운명과 인생을 알 수 있는 점이라고 받아들이시는데 실상은 전혀 다르고 하나도 관련이 없습니다. 일기예보처럼 '예측', 말 그대로 예상하여 추측하는 것이지 예언이 아닙니다. 저는 예언자가 아니에요. 말씀드린 것처럼 '상황을 예측'하는 것이지 운이라던가 에너지라던가 그런 걸 보는 것도 아닙니다. 운이 좋고 나쁨을 판단하는 것이 아니라, '당신이 질문한 게 이럴 수 있다, 이렇게 될 수 있다, 이런 상황이 될 것이다'라고 예측하여 대답하는 것 뿐입니다.

영화 「타이탄의 분노」에 등장하는 마녀의 말처럼, 모든 역사는 이미 다 쓰여져있고 정해진 때와 시간의 순서에 맞춰 발생하는 것일까요? 주인공이 그랬듯 저도 그렇게 생각하지 않습니다. 우리는 하나의 직선으로 이루어진 루트로 삶을 살아가지 않습니다. 변수와 선택지는 매순간 존재하고 그에 따라 우리가 겪을 수 있는 경우의 수도 배로 많아집니다. 마치 「스파이더 맨: 뉴 유니버스」에 나오는 제각기 다른 인생을 사는 스파이더 맨들처럼요.

또 다른 영화 「어바웃 타임」에서도 이런 평행우주의 원리를 잘 보여줍니다. 주인공이 과거로 돌아갈 때마다 새로운 시점, 새로운 시간대, 새로운 미래, 새로운 평행우주가 생기지요. 주인공이 겪었던 과정과 미래가 반복되지 않습니다. 그리고 주인공은 자신의 힘을 통해 자신이 살아갈 길을 스스로 선택하고 스스로 살아가는 법을 배우게됩니다.

타로도 딱 그런 원리입니다. 일상에 놓여지는 수 많은 경우의 수와 평행우주들 중에서 '이렇게 될 수도 있을 것이다'라고 하나의 루트를 예측해 드리는 게 다입니다. 반드시 닥쳐올 일을 예언하는게 아닙니다. 꼭 그렇게 안 될 수도 있잖아요? 그러니 타로를 보고 싶으시다면 적절한 선택을 위해 참고만 하시고 너무 연연해하지 마세요. 일기예보는 얼마든지 틀리며 점쟁이도 해석을 틀리게 할 수 있습니다. 인생은 저 같은 점쟁이가 정해드리는 것이 아니라 오로지 우리의 선택으로 이루어집니다. 한번의 선택으로 인생이 완성되고 끝날 거라고 불안해하지 마세요. 모든 선택과 그 결과에는 장단점이 있습니다. 삶은 계속 진행되며 삶을 살아갈 선택은 계속 주어집니다.

만약 다른 전공을 선택 했었다면
만약 그 사람과 헤어지지 않았라면
만일 그 때 그 곳에 갔었더라면
만일 이 일을 하지 않았더라면
종종 지금의 나와는 다른 선택으로 살고 있을
내 모습이 궁금해지기도 합니다.
평행우주를 정말 여행할 수 있다면
다른 삶을 살고 있을 또 다른 나에게 묻고싶습니다.
행복하냐고
감정의 쓰레기통으로 사는 고통을 아냐고

# 나는 누구인가
# 또 여기는 어디인가

"여기 돈 줄테니 좋은 얘기 좀 해줘.
그냥 기분이나 좀 풀어야겠어."
"싫은데요."
"뭐? 그럼 여기 뭐하러 앉아있어?"

맘에 드는 대답을 들을 때까지 점을 본다고 해서 인생이 흉사에서 길조로 바뀌진 않습니다. 종종 그런 분들을 봅니다. 이 집 저 집 다 다니면서 똑같은 질문을 반복하면서 듣고 싶은 대답만 골라 들으려고 하는 분들을요. 저는 신이 아닙니다. 당신의 인생을, 당신에게 일어날 일을 즉석에서 만들어주고 정해주지않아요. 제 일은 질문에 대한 예측을 하고 대답해드리는 게 전부입니다.

수년간 서로 연락도 하지 않는 전애인에 대해서 질문

했다고 칩시다. "다시 잘될까?"라고 점을 봤는데 안된다고 나왔네요. 그리고 한 시간 뒤에 똑같은 질문을 다시 봤더니 재결합해서 행복하게 잘 살거라고 나왔습니다. 그러다 내일 똑같은 질문으로 점을 봤더니 안된다고 합니다. 타로점에는 이런 모순과 오류가 존재합니다. 그럼 대부분 그 때의 기운이나 운 같은게 바뀌니까 다른 내용이 나온다고들 하시는데 그 또한 그 근거를 설명할 수가 없습니다. 카드를 섞고 다시 랜덤으로 뽑는데 다른 그림의 카드가 나오고 그에 따라 해석이 틀려지는 게 당연하죠. 이게 타로점이 가진 맹점입니다.

그렇다면 "와!!! 다시 잘된다고 나왔으니까 우리는 다시 잘 되겠네!"라고 말 할 수 있을까요? 대부분 이런식으로 위로받고 미련을 포장하고 합리화시킵니다. 어느 순간 좋은 점패가 나오거나 듣고 싶은 좋은 애기 들으면 그 순간 전애인 마음이 손바닥 뒤집듯이 바뀌어져서 연락이 오고 해피해피한 연애가 되는걸까요? 만일 전남친이 당신을 차단했다면? 멀리 해외에 체류중이라면? 중요한 건 다시 잘 될 운이 없는게 아니라 전남친이 당신에게 마음이 없다는 것이에요. 대부분 그냥 듣기 좋은 애기만 '구걸'합니다. 실제 그 사람 마음이 어떠한지, 어떤 관계를 원하는지, 관계에 대해서 어떻게 생각하는지, 어떤 입장을 말하고 싶은지는 중요하게 여기지 않습니다. 그냥 당장 힘든 마음만 해결하고 싶어합니다. 현실은 부정하죠. 현실도피가 가장 쉽거든요.

그렇게 점집을 기웃거리며 오천원, 만원씩을 써가며 위로를 구걸합니다. '좋은 얘기나 듣고 기분을 푼다'라. 그런다고 달라지는건 없습니다. 타로점은 당신의 요행을 위로해주거나 해결해 주는 도구가 아닙니다. 손님이 방문할 때까지 대기타다가 손님이 오면 좋은 얘기해주고, 장단 맞춰주고, 기분 풀어주는 게 제 직업이고 제 역할일까요? 하소연 한 뒤 기분이 후련해진다고 당신의 인생이 과연 얼마만큼 바뀌고 뭐가 얼마나 더 좋아질까요? 점을 본 다음에 자신이 세상을 어떻게 보고 받아들이는지, 어떤 선택을 하는지가 인생을 바꾸게되죠. 허나 어느 순간부터 사람들이 좋은 얘기 듣는 것에만 의존하기 시작했어요. 그리고 저와 제 직업을 그런 용도로만 소비하려고 오십니다. 어떨 땐 그런 제가 대기기쁨조가 된 것처럼 느껴질때가 있어요.

"그래서 저는 언제 연애를 할 수 있는거죠?"

라고 묻길래


"어차피 아무 것도 안 하실거잖아요?"

라고 되물었더니


"네. 맞아요."

라고 대답했다.

# 늘 그렇게
# 사셨잖아요?

정쟁이가 소리쳤다.
"미친놈아! 로또를 사야 당첨이 되든 꽝이 되든 나발이든
뭐라도 될거아니냐!"

요행이 소리쳤다.
"당첨된다면서요!
그럼 그냥 당첨되는게 제 운명이고 인연 아닌가요?!"

 

 

점을 보고 "남자 생긴다. 남자 들어온다."라는 말을 들으면 아무 것도 안해도 남자친구가 정말로 생긴다고 생각하시나요? 이럴 때 마다 제가 얘기합니다. "갑자기 하늘에서 뚝 떨어져서 '오늘부터 당신 남자친구입니다.' 하는건가요?"라고. 유대관계를 쌓아간다는 개념을 많은 사람들이 모릅니다. 누군가에게 마음을 열고, 어떤 사람인지 받아들여가는 과정, 호감이든 비호감이든 관계 속에서 감정을 느껴가는 과정. '만남'이라는 두 글자에 그

런 의미가 담겨져 있지 않을까요? 사귀고 말고가 아니라 말그대로 누군가를 '만나는, 만남, 만나다'. 그리곤 옆에 동행한 친구를 가리키며 이렇게도 묻습니다. "두 분은 자고 일어났더니 그냥 친구가 되어있던가요? 처음 만났을 때, 어색했을 때, 같이 밥 먹고 차 마시고 대화를 나누고, 같이 시간을 보내고, 공감대를 형성해가고. 장단점도 알게 되고, 이런 사람이구나 하고 받아들여가는 그 과정들이 존재하지 않았었나요?"라고. 직장동료, 친구, 상사, 가족 할 거 없이 어떤 관계속에서든 유대감을 형성해가는 과정이 존재하고 시간이 들기 마련입니다. 대부분 연애를 할 때 혹은 마음을 열 때 뭔가 특별한 게 있다고 생각하게 되는데 당장 옆에 있는 친구와 우정을 쌓아온 것처럼, 그저 사람 대 사람으로 유대관계를 만들어간다 생각하면 그 과정은 비슷합니다.

흔히들 점집에서 말하는 "남자/여자 생긴다, 인연 생긴다." 이런 식의 표현들은 "당신의 일상 속에서 이성과 접할 일들이 생긴다."라는 맥락이지 그것이 꼭 "사귄다, 연애한다, 운명의 남자/여자를 만난다."를 뜻하진 않습니다. 주선이 생긴다거나, 친구의 친구라고 알게 되거나, 회식 자리에서 데면데면했던 동료와 친해진다거나 하는 아주 지극히 일상적이고 평범한 일들이 생길 수 있음을 뜻합니다. 네, 이런게 과정이고 만남이에요. 사람을 만나지 않으면 유대관계는 누구와 어떻게 생기고 누구와 뭘 알아가고, 무슨 호감을 어떻게 가지게 되는걸까요? 그 다음은 각자들 몫입니다. 연애의 성사여부는 개개인이 마음 여는 정도에 따라, 서로를 어떻게 받아들이느냐에 따라 다르지 그런 선택마저 운명처럼 정해져있지 않습니다. 연애가 성사되고 안되고, 사귀고 말고, 연애운이 있고 없고, 운이 좋고 나쁘고를 따지지 말고 그 자체의 관계를 만나고 겪으세요. 연애는 운이 아니라 자기 소갈머리만큼 하게 됩니다. 아무 것도 안할 거면서 점집에 와가지고는 왜 애인이 안 생기냐고 묻지 말고 뭐라도 하세요. 로또는 사야 당첨됩니다. 아무것도 안하면 아무일도 일어나지않습니다. 어차피 아무 것도 안할거면 여기와서 남자친구 생기는지는 왜 묻는걸까요? 이런분들께는 이 말을 빠트리지않고 합니다.

"늘 그렇게 사셨잖아요?"

"제 친구들은 어쩜 그렇게 사람도 잘 만나고 좋은 사람들만 골라서 연애하는 건지 도무지 모르겠어요. 저보다 잘난 애들도 아닌데."

"재지 않고 있는 그대로 그 사람을 보니까요."

"어떻게 안재고 연애해요? 손해보면 저만 힘들잖아요?"

"재지않았으니까, 감정과 관계를 두고 계산적으로 굴지 않았기 때문에 친구분들은 '사랑'이란 걸 하는겁니다."

현실적으로 생각하기 때문에
아무나 못 만나겠다고 하면서
아주 비현실적인 사람을 원하시네요.


진지한 연애를 하고 싶은거라고
신중한거라고 말하지 마세요.


그냥 재는 거지.

완벽한 사람만 바라고 찾을수록
당신은 더 부족한 사람이 되어가는 법

조건을 만나려 하지말고 사람을 겪으세요.
연애만 하려고 하지말고 사랑을 하세요.


연애는 운으로 하는 것이 아니라
자기 소갈머리만큼 하는 법입니다.

# 당신이 셜록 홈즈나
# 명탐정 코난이 아니라면

현미경이 물었다.
"뭔가가 보여?"
내가 대답했다.
"아니, 아무것도 안보여."

　보통 우리는 완벽하게 정해진 모습이나 설레임에 가득찬 환상을 쫓아갑니다. 완벽한 사람이 과연 현실에 존재할 수 있을까요? 누군가가 흠 하나 없이 완벽하다면 그건 인간이 아니라 신이거나 신이 빚어난 창조물일 것입니다. 신도 저마다 단점과 치부가 있기 마련인데 사람이라고 없겠습니까?

　모두가 자신만의 취향과 연애스타일은 있습니다. 근데 꼭 그런 취향과 스타일에 맞는 사람을 만났다고 해서 행복한 연애가 되지 않는다는 점을 늘 간과합니다. 이별은 만남이 존재하는 한 필연적으로 발생하기 마련이고 자기만족에만 연연해하는 우리는 완벽한 그 누군가만을 계속 원하게 됩니다. 그리곤 선입견, 편견, 고정관념으로 타인을 쉽게 단정 짓습니다.

"이 사람은 이럴 것이다", "저 사람은 저럴 것이다", "딱 보니 내 스타일 아니다", "저 딴 사람 만날 바엔 차라리 안만난다", "분명 마음이 없으니 그런 행동을 했을 것이다", "꼬라지보니 딱 그런 부류다", "남자/여자는 다 그런식이다."

물론 사람을 개나 소나 마구잡이로 만날 필요는 없습니다. 마음이 안가는데 억지로 참고 만날 필요도 없습니다. 하지만 '겪어보지도 않고 해보지도 않고' 자기 잣대와 기준, 겉으로만 보이는 것들과 자기 느낌과 감에 의존해서 마치 그 사람의 전부를 알았는양, 상대방의 본심을 직접 듣고 느꼈는양 혼자 지레짐작하고 결론짓고는 쉽게 선을 그어버립니다. 그럼 제가 묻습니다.

"그 사람에 대해 정확히 뭘 얼마나 알고 계시나요?"

외모, 직업, 회사, 경제력, 출신학교, 가족관계, 사는 동네, 고향, 키, 패션스타일 그런 거 말고 그 사람이 어떤 가치관을 가지고 어떤 인생을 살고 있고 또 살고 싶어 하는지, 마음 속에 어떤 우주와 세상을 가진 사람인지, 세상을 보는 시야가 어떤지, 어떤 꿈을 꾸며 살아가는지, 당신에 대해서 어떤 감정을 가지고 있는지 말해보라고 하면 다들 벙어리가 됩니다. 그만큼 아는게 없는데도 불구하고 다 아는 것처럼, 쉽게 내가 원하는 상대가 아닌것처럼 단정지어버립니다. 소년탐정 김전일을 능가하는 그런 추리력을 가진게 아니라면, 백발백중의 귀신같은 촉이 있는게 아니라면 그 모든건 고정관념, 선입견, 편견에 지나지 않습니다.

추리만화나 CSI 같은 범죄수사물을 보면 범죄자처럼 생긴 사람이 범인인 경우는 잘 없습니다. 피해자의 부인, 열살배기 아들, 친절한 옆집 아저씨가 범인이라던가, 어릴 적 트라우마로 인해 살인을 저지른 연쇄살인마가 여자로 밝혀진다거나 등 보편적인 고정관념에서 벗어나는 경우들이 상당히 많습니다. 어떻게 보면 이건 사람들의 예상에 허를 찌르기 위한 클리셰 파괴가 아니라 사람들이 얼마나 '보편성'과 '일반성'에 의거한 고정관념과 선입견에 박혀서 사람을 판단하고 삶을 인식하며 사고

하는지를 잘 보여주고 있는건지도 모릅니다. 단정한 옷차림이 꼭 단정하고 올바른 사람을 뜻하는 건 아니잖아요? 험악하게 생겼다고 험악한 사람인건 아니듯이요.

이렇게 사람을 쉽게 단정짓는 행위로 대표적인 예가 바로 '혈액형테스트'나 각종 근본없는 심리테스트 같은 것들입니다. 저는 사람들의 선입견과 편견과 고정관념을 시험하기 위해 제 혈액형을 매번 속입니다. 어김없이 누군가가 저를 판단하고 어떤 인간인지 파악하기 위해 혈액형을 묻습니다. 그럼 저는 AB형이라고 거짓말을 합니다. 그럼 돌아오는 대답은?

"그럴 줄 알았어요. 왠지 AB형일 것 같았거든요. 확실히 좀 남들보다 별나고, 좀 특이한 구석이 있어보여요."

Yes! 걸려들었네요. '그럴 줄 알았다'라는 건 이미 저를 그런 인간으로 단정지었다는 뜻이지요. 게다가 모든 AB형이 저런 특징을 가지고 있다는 자신의 편견을 증명합니다. 저는 AB형같이 행동한 적이 없습니다. 저는 저대로 행동했을 뿐인데 그걸 AB형 같은 사람으로 분류시키고 규정짓는단 말이죠. 그 후에 진짜 제 혈액형을 말하면,

"그럼 당신은 좀 AB형 같은 스타일인가보네요." 혹은

"당신은 좀 예외인가봐요."라고 말합니다. AB형같은 스타일이라는 건 무슨 기준과 무슨 근거가 뒷받침 된 분석일까요? 그럼 예외라. 예외는 없습니다. 모든 사람들은 다 다릅니다. 단편적인 기준을 두고 판단하니 그 기준과 틀에 벗어나는 건 그냥 예외라고 치부하게 되는거죠. 웃긴건 A형이라고 하면 A형 같다고 하고, B형이라고 하면 B형처럼 보인다고 하고, O형이라고 하면 O형같아 보인다고 말합니다. 얼마나 많은 사람들이 의미없는 데 사고를 쏟아붓고 있으며 어떻게 타인을 받아들이고 관계를 만들어 가는지 알 수 있는 부분이죠.

이렇게 쉽게 사람을 판단하는 건 동질성을 찾기 위함일까요? 비슷한 부분만 골라내 찾아서는 자신과 뭔가 연결되어있다는 소속감을 갖기 위함일까요? 편하겠죠. 다르고 경험해보지 못한 것에 적응하고 노력하는 것보다 나와 비슷한 기질을 가진 사람을 만나는게 상대적으로 노력이 덜하고 쉬울테니까요. 하지만 그 비슷한 부분만 본다는게 문제가 되지요. 자기가 보고싶은 것만 봅니다. 그러다가 다른 점을 발견하게되면?

"우린 안맞아."

언제는 비슷하다며 잘 맞다더니. 참 나.

처음부터 맞는 사람은 없습니다. 그런 사람은 존재하지 않아요. 사람들이 얼마나 이 부분에 대해서 생각하질 못하는지 이제는 어느 영화의 명대사로 관계를 배우기까지합니다. 유치원에서 대학교, 회사, 동료, 가족, 친구, 연인할 거 없이 우리는 언제나 관계의 한 구성원으로 존재하는데도 불구하고, '나와 다름을 인정하는 법'을 모릅니다. 그럼 그들은 다 무엇이었을까요? 이 긴시간동안, 다양한 사람들과 그 관계 속에서 무엇을 보고, 느끼고, 배우고, 생각하는 걸까요?

대부분 이렇게 사람을 단정짓는 건 시간낭비와 감정소모가 싫기때문이라고도 말합니다.

"같이 지내본 시간도 얼마 없고 노력한 것도 없는데, 무슨 감정소모와 시간낭비를 얼마나, 어떻게 하셨다는 말인가요?"

사실 그렇게 선을 긋고 방어적으로 굴면 불필요한 관계에 속 썩을 일이 없긴해요. 허나 그 잣대와 선들 속에 되려 고립됩니다. 아무도 못 들어오고 자신도 못 나가는 사방이 마음의 장벽으로 이루어진 공간 속에서요. 뭐 이런 보호장치 속에서 상처 받을 일도 없고 안전함도 느끼겠지만 이내 공허함을 느낄 것입니다. 그 누구와도 공존

할 수 없어 겉도는 그런 공허함을요. 그리곤 "운이 없다, 연애복이 없다, 인연이 없다"고 자기 인생을 불평하며 그 길로 저에게 오십니다. 네, 맞아요. 그게 당신 인생이고 당신 팔자에요. 남들은 사랑에 빠지고 관계에 대해 배워갈 때 당신은 자기 소갈머리에 고립되는 그런 팔자요.

즉, 당신의 사고방식과 성질머리가 곧 당신의 인생이 됩니다. 그렇게 자신과 타인과 세상에 대해 무지해져갑니다. 가만히 앉아 점수만 매기고 판단하고 구분지을뿐이지 직접 느끼고 경험해 본 게 없으니까요. 수용의 폭은 좁아지고, 만날 수 있는 사람은 한정되어가고, 당신을 이해해주고 공감해줄 사람들은 더 이상 남아있지 않게됩니다. 당신은 풀 한 포기 나지 않고 인적이 끊겨 아무도 찾지 않는 황무지 사막이 되어 홀로 남겨지게 되겠지요. 누가 그런 황무지를 시간과 공을 들여 개간하겠습니까? 당신처럼 계산적이고 사람을 이리저리 재단하는 사람보다 있는 그대로 나를 아껴줄 사람들이 더 많을테고 그런 사람과 나누는 교감이 더 가치있는 관계로 느껴질텐데요. 그렇게 당신이 만날 가치가 없는 사람이 됩니다. 게다가 시간낭비, 감정소모라며 사람만 가리다가 당신의 인생은 이미 낭비되어졌겠죠.

그녀는 늘 모순을 가지고 연애를 했다.
신중하고 진지한 연애를 하고 싶다면서 선입견 따위로
사람을 쉽게 판단했다. 자기 마음은 다 주진 않으면서
상대방은 오로지 자신에게 진심이길 바랬고 상대방 잘
못에는 모질게 대하면서 자신이 잘못한 것에 대해선 변
명과 합리화를 했다.

그렇게 만나는 사람들을 외롭게 했다.

하지만 가장 외로운건 그녀 스스로일 것이다.
자기 사고방식이 스스로를 고립되게 만들고 있음을 인
정하지 않은 채 그 외로움을 연애로 보상받으려 했다.

수 많은 사람들이 거쳐갔고 거쳐갈테지만
딱 그 만큼의 그런 여자가 되어갈 뿐이었다.
아무도 그녀를 사랑하지 않았고
누구도 그녀는 사랑한 적이 없다.

표현할 줄 몰랐고
사랑하는 법도 몰랐기에
외로움을 자처했는지도 모른다.

# 마음은 느끼는 거지
# 판단하는 게 아냐

"그럼 싫다는 거야?"
"아니 싫진 않아."
"그럼 좋다는 거야?"
"아니 좋지도 않아."

타로카드에서 사람의 감정은 4대원소 중 '물'에 비유됩니다. 그 형체가 정확하지 않고 어디에 담느냐에 따라 모양이 변하며, 고정되고 고착되는게 아닌 흐르고 움직이고 변할 수 있는 기질을 가지고 있지요. 이 '비정형'이라는 특징 때문인지 많은 사람들이 타인과 감정에 대해 복잡해하고 어려워합니다.

사람의 감정은 4D영화보다 더 입체적입니다. 게다가 지극히 무의식적인 영역이기에 논리와 분석으로 판단할 수 있는게 아닙니다. 감정은 느끼는 것이지 구별하고 분류하고 단정짓는게 아닌데, 우리는 고작 '내가 이해할 수 있는 만큼'의 모양과 기준을 두고 단편적으로 판단해버리고 일반화시켜버리지요. 그렇게 어떤 기준을 두고 정의를 내려야 이해되어지거든요. 과연 완벽하게 이해한 것일까요? 조금이라도 내 기준에서 벗어나거나 모자라는 부분들에 대해서는 '이해 안된다'라는 말을 쉽게 합니다. 그게 그 자체의 마음인데도 불구하고요. 일반화의 오류가 여기서도 생기게 되지요.

## 감정의 이면

사람의 마음을 다 헤아리기 어려운 또 다른 이유는 감정의 이면을 놓치기 때문이기도 합니다. 타인의 입장만큼이나 자신의 마음도 쉽게 헷갈리곤하지요. 그럴 때마다 여기 기준에 끼워맞추고, 저 심리테스트에 끼워맞춰보지만 통쾌하지 못한 기분을 매번 느낄 것입니다. 사람의 감정이란 어떤 한 기준이나 틀에 맞춰 깔끔하게 설명되고 정의되어지지않으니까요.

드라마 「동이」에서 희빈 장씨가 했던 대사가 아직도 기억납니다. 숙종이 주인공 동이에게 알게 모르게 연정을 품고 있음을 느낀 희빈 장씨가 숙종에게 동이에 대한 마음이 어떤지 넌지시 묻습니다. 현대의 언어로 말을 빌리자면, 숙종은 단호하게 "아무 사이 아니다, 그저 편하게 지내는 것 뿐이다, 말이 잘 통해서 그런 것이다."라고 대답합니다. 그러자 희빈 장씨가 말하지요.

"자신의 마음을 쉽게 확정짓고 자신하지 마십시오."

훗날 숙종은 자신의 마음이 그냥 편하고 가까운 친구를 대하는 마음이 아니었음을 알게됩니다. 자신이 정의한 것과 실제 자신의 마음이 다르다는 것을 깨닫게되지요. 친구에서 연인으로 감정이 바뀌었다기 보다 애시당초 존재했던 감정이 보이지 않는 그 이면에 있었기에 그 존재를 미쳐 모르고 단정지었던 것입니다.

여기 이 질문자는 전남친에 대해서 질문하였습니다. 여전히 전남친에 대한 아련하고 애틋한 그리움과 미련을 가진 듯 해 보였지만 이들이 헤어지게 된 원인은 이 질문자의 지랄맞고 이유 없는 감정적인 태도 때문이었습니다. 참다 참다 질릴대로 질려버린 남자는 결국 떠났고 헤어짐을 인정하지도 받아들이지 못하는 여자는 자신의 과오를 아름다운 미련으로 포장시켜 남자 마음을 되돌리려 하는 것이지 상대방 입장을 생각하는게 아닙니다. 당장 이 연애를 원상복구시켜서 자기가 원하는 이 연애소꿉놀이가 계속 예쁘고 잘되는게 중요한 것입니다. 자기가 남자친구를 힘들게 했고 상처준 것 보다 이별을 고한 남자로부터 받은 자신의 상처와 고통만을 생각했습니다. 처음부터 끝까지 자기 감정만 생각하고 자기 맘대로였죠.

"전남친이 그리운게 아니라 지금 당장 본인 마음 아프고 힘든 걸 해결하고 싶은 거 아닌가요?"라고 얘기하자 여자는 제 시선을 회피했습니다. 자신이 미련이라 그리움이라 여겼던 감정의 뒷면에 자신의 이기심이 존재할 줄 몰랐겠죠. 연애는 다시 되돌리고 싶고 그런데 가해자가 되는 건 부정하고 싶고. 그럼 할 수 있는 건 피해자 코스프레 밖에 없죠.

이렇듯 사람의 감정엔 그 이면이 존재합니다. 선과 악의 얼굴이 동시에 공존하고, 달의 뒷면과 동전에도 앞뒤가 있듯이요. 그리고 그늘에 가려진 그 뒷면의 감정에 대해선 무의식적으로 그 존재를 부정해버립니다.


사람의 마음은 흰색일까 까만색일까?

가장 많이 받고 난해한 질문중에 하나가 "이 사람이

진심인가요 아닌가요?", "이 사람이 절 좋아하긴 하나
요?" 같은 질문들입니다. 그럴 때 마다 묻습니다.

　"진심이고 아니고를 판단할 수 있는 기준이 뭐라고
생각하세요?", "좋아하고 안하고를 판단하는 그 기준이
뭐라고 생각하시나요?"

　그 기준이 뭘까요? 거짓부렁을 씨부리고 사기를 쳐도
내가 믿으면 진심이고, 20,000%의 진심을 보여줘도 내
가 못받아들이면 그건 거짓일텐데 말이죠. 사람은 자기
가 보고싶은 것만 보고 믿고 싶은 것만 믿습니다. 보이
스피싱과 비슷하지 않을까요? 아니면 홈쇼핑이나 과장
광고나 상술에 속아 물건을 잘못 구매했을 때처럼요. 기
준 같은 건 존재하지 않습니다. 어떻게 해줘야 진심인거
고 어떻게 하면 진심이 아닌건가요? 하물며 좋아하고 안
하고도 나눌 수 없습니다. 어떤 행동을 해야 좋아하는 거
고, 어떤 행동을 하면 안좋아하는건가요? 대부분 이런 행
동을 하면 좋아하는 거고, 저런 행동을 하면 안좋아하는
거라고 그런게 마치 불문율인양, '보편적인' 연애상식인
양 일반화를 많이 합니다. 정말로 모든 사람들이 그렇게
획일화 된 행동을 할까요? 혹은 그런 기준들이 정말로
사람의 호감도나 감정을 정확하게 대변하고 입증할 수

있을까요? 사고방식과 행동패턴, 감정을 표현하는 능력이나 방식은 개인마다 차이가 있습니다. 또한 행동과 감정은 불일치할 수 있습니다. 감언이설을 퍼부으며 사랑을 속삭이지만 사실 그는 당신을 가벼이 여기는 것입니다. 하지만 당신을 그의 행동이 진심과 사랑이라 믿어버릴 수 있죠. 반대로 쌀쌀맞고 매정하게 굴지만 속으로는 누구보다 당신을 생각하고 아끼고 있을지도 모릅니다.

진심의 여부와 호감의 정도는 %로도 표현할 수 없습니다. 사람을 감정을 어떻게 수치로 표현할 수 있나요? 그런 걸 수치화할 수 있는 장치나 시스템조차도 타로카드에 없습니다. 개개인이 느끼는 호감의 정도와 그 깊이는 다양하고 유동적입니다. 오늘 당신에게 호의적으로 굴었다고 해서 내일도 당신을 좋아한다고 보장할 수 없습니다. 10%정도 혹은 49%정도 좋아한다고 해서 100%가 아니니까 "당신을 좋아하지 않는다."라고 확정지어 말할 수 있을까요? 10%지만 당신을 좋아하는데? 49%의 호감은 호감조차도 아닌건가요? 사람의 감정을 판단하지 않으면 불안해하고 답답해하는 사람들을 많이 봅니다. 감정의 변화와 그 깊이의 차이, 정도의 차이에 대해서 느끼고 이해를 하지 못하더군요. 소통하는 법을 모르는 세상이 되어버렸어요. 그리고는 까만색이냐 흰색이냐, 진심이냐 아니냐, 마음이 있냐 없냐, 마음이 있으면 어째서 이런거냐, 진심이 아니면 왜 이런 행동을 하는거냐 같이 인과만 밝혀내려듭니다. 그 저변에 깔린 동기나 실제 그 사람이 정말로 뭘 느꼈는지에 대해서는 대화를 하지도 느낄려고 하지도 않습니다. 아이러니한건, 타인의 감정을 점쟁이가 판단해주고 대신 알려주기를 바란다는 점입니다. 어째서 당사자가 진심이라고 표현하고 말하는 건 믿지 않고 생판 남인 점쟁이가 "이 사람은 진심이다."라고 말 하는 건 믿는 걸까요? 왜 직접 묻고 대화를 하지 않을까요? 대화를 할 수 없다면 왜 타인의 입장에서 다각도로 생각해보거나 느껴보지 못하는 걸까요? 그리고는 떠돌아다니는 싸구려 연애상식과 심리테스트로 사람 마음을 다 이해한 듯 단정지어버립니다.

영화 「인사이드 아웃」을 보고나면 사람과 사람 감정이 전혀 일차원적이지 않다는 걸 알 수 있습니다. 화나지만 슬프고, 마음 아프지만 뿌듯하기도 한, 기쁘지만 짜증나고, 두렵지만 행복한. 이런 복잡다양하게 섞여진 감정들과 그 이면을 배워가며 주인공은 성장해 갑니다. 그리고 슬프고 마음 아픈 일이 있었기에 행복하고 마음

따뜻한 일도 생겨진 다는 것과 즐겁고 행복한 기억들이 때로는 너무나 슬픈 추억이 될 수 있음도 알게 되지요. 한국말에도 '시원섭섭하다', '나쁘진 않은데 그렇다고 꼭 좋은 것도 아니다', '좋긴 한데 그렇다고 완전 좋은 것도 아니다', '좋지도 않고 나쁘지도 않다'같이 모호하고 묘한 표현들이 있듯이 사람의 감정은 정확한 흑색이냐 백색이냐 딱 둘로 나눠지지 않습니다. 포토샵 팔레트보다 더 다양한 색상과 다양한 명도와 채도와 스펙트럼을 가지고 있지요. 하물며 색상을 표현할 때도 '누리끼리하다', '푸르딩딩하다', '시뻘겋다', '붉으스름하다', '희멀겋다', '거무튀튀하다'와 같이 다양한 색상의 느낌과 질감을 표현하는데 어째서 사람의 감정은 흑백으로만 나눠서 정의하려들까요? 그 중간의 회색들은 감정으로 존재하고 표현되어질 가치가 없는 것들일까요? 그렇게 분명한 색상으로만 나누면 모든 사람의 감정을 다 이해할 수 있는 걸까요?

설문조사 같은 걸 할 때

5지선다 중 하나의 대답을 골라야 할 때도

보통과 나쁨 사이

좋음과 매우 좋음 사이

매우 나쁨보다 더 나쁨을 선택하고 싶어질 때가 있습니다.

그 5개의 보기 중에 해당되지 않는 나의 선택은

설문의 대답으로 받아들여질 수 없는 것들일까요?

여자는 헤어지고자 하는 이유를 아주 분명하게 말했다.


"그 인간에게 있어서 여자친구란 존재는 아주아주 지극히 '당연한 그 무엇'이더군요. 뭐랄까요. 그저 자기를 다 이해해주고 편들어줄 사람을 원하는 것 같았어요. 뭐든 자기 방식에 따라줘야하고 동조해줘야 하죠. 자기밖에 모르는 인간이었어요. 백번 이해해주다 한 번 이해 안해주면 뭐든 서운하게 생각하고 뭐든 자기 맘에 들지 않으면 다 제 잘못이었죠. 게다가 자기가 노력했던 것, 자기가 힘들었던 것만 볼 줄 아는 인간이었어요.

더 이상은 이런 애정결핍환자의 보모로 살고 싶지않아요(얄팍한 관심에만 목마른 정신병자라는 표현도 했다). 뭐 자기 스스로는 대단히 괜찮은 놈인 양 허세부리고 우쭐거리며 살겠죠. 제가 아니어도 자기 뜻대로 쿵짝 맞춰주고 희희낙락 거려줄 사람들이야 얼마든지 많을텐데요 뭐."


"사랑받을 자격이 없는 놈이라고 생각해요"

# 누군가는 개를 키우면 안되듯이
# 당신은 연애를 하면 안된다

"여기 빈 곳에 공기를 후~ 하고 불어넣고
저기 빈 곳에도 공기를 집어넣어.
그리고 공기로 만든 투명한 벽돌로 집을 짓는거야.
따뜻하고 아늑하겠지?"

 

우린 연애를 통해 무엇을 보고, 무엇을 찾고, 무엇을 느끼는 것일까요? 다들 왜 그렇게 연애를 갈구하는 것일까요? 수많은 손님들이 방문해서는 연애를 했으면, 애인이 생겼으면 합니다. 수많은 손님들이 연애에 관련해서 질문을 하는데도 불구하고 '연애하고 싶다'는 말만 들어봤지 '사랑하고 싶다'라는 말을 저는 단 한 번도 들어본 적이 없습니다. 사람들의 속을 살짝 들여다보니 대부분 외로움과 결핍을 달래기 위해 연애를 하더군요. '허전하니까, 예쁜 연애 하고 싶으니까, 남들 다 하니까, 연애 안 하면 남들이 이상하게 생각하니까, 자신을 이해해주고 받아줄 사람이 필요해서, 기댈 사람이 필요해서, 전애인 잊으려고.' 같은 자기만족과 결핍의 욕구로 연애를 시작하는 경우가 많았습니다. 저는 이런 동기부여로 연애를 하는 것을 '사람을 이용하고 가지고 노는 것'이라고 말합니다. 꼭 등골 빼먹고 버리거나, 호구 취급하거나, 뒤에서 몰래 바람을 피우는 것만이 사람을 이용하고 가지고 노는게 아닙니다. 오히려 우리는 무의식적으로 아무렇지 않게 연애라는 이름 안에서 관계와 사람을 이용하고 소모시키며 살고 있는 건지도 모릅니다. 그저 나 하나 외롭지 않자고요. 그리고 그걸 연애라고 사랑이라고 포장해 부르면서요.

결핍과 외로움의 보상을 연애를 통해 얻는 사람들이 정말 많았습니다. 사실 그 외로움은 애인이 없어서 생기는 외로움이 아니라 자기 삶에 자기가 갇히고 고립되어 생기는 허함이지요. 일상은 반복되고 왜 사는지, 뭘 위해 사는지, 남들은 뭔가 잘사는 것 같고, 남들 연애하는 모습 보면 부럽고, 누가 내 옆에서 오로지 자신만을 위해 위로해주고 동조해줄 사람 한 명쯤 있었으면 좋겠고.

그렇게 쉽게 타인을 '결핍의 희생양'으로 삼습니다. 소속감과 동질감에 대한 결핍으로 얼룩진 허전한 일상과 그런 자신을 이해해 줄 희생양이요. 그렇게 연애를 시작했어도 스스로 많은 걸 느끼고 배워나가고, 관계와 감정에 충실할 수 있다면 괜찮을 것입니다. 건강하고 발전될 수 있는 관계가 되겠지요. 하지만 대부분은 딱 거기까지의 소모품의 역할로 여겨지다가 끝납니다. 이 또한 사랑이라 연애라 미화하며 그 미화된 풍경 속에 외롭지 않은 내 자신을 사랑합니다. 상호관계는 존재하지 않습니다.

여기 이 질문자는 전남친한테서 제대로 빅엿을 먹었습니다. 자신의 존재가 그의 전여자친구의 땜빵임을 알게 된 것이죠. 좀 더 정확하게 표현하자면 이 남자는 이 여자친구를 좋아했다기보다 전여친이랑 헤어지고난 후 허전하던 찰나에 이 여자친구를 알게 되었고 그렇게 누군가와 '노닥거리는게' 좋았던 것 뿐입니다. 그 '노닥거림'에서 오는 설레임, 분위기, 누가 자신을 챙겨주고, 생각해주고, 이해해주는 편안함과 충족감이 좋았던 거지 여자친구의 마음 그 본질에는 관심이 없었습니다. 네, 전여친이 해줬던 걸 대신 해줄 사람이 필요했던 거고, 전여친이랑 했던 걸 대신 해줄 그 누군가, 그 공백을 메

위줄 대타가 필요했던 거죠. 결국 이 남자가 할 수 있는 것은 그 '노닥거림'과 '연애질'을 위한 '남자친구역할'이 전부입니다. 게다가 전여친에게 받은 상처를 무기삼아 이 여자친구에게 늘 방어적이었습니다. 지가 상처받지 않고 힘들지 않으면서 적당히 노닥거려 줄 '여자친구역할'이 필요했던거니까요. 결국 여자는 이 전남친에게 한껏 성질이 났고 이용당한 기분에 마음의 상처를 받았죠.

 허나 사람의 마음만큼 간사하고 더러운 것이 또 어디 있겠습니까? 이 질문자의 물음에 대한 대답은 "전남친에 대한 삐뚤어진 보상심리와 더러운 피해의식으로 전남친이 했던 짓을 똑같이 누군가에게 실행할 것이다."가 핵심내용이자 결론이었습니다. 아이러니하죠. 위선적이기까지합니다. 이 질문자도 결국 자신이 엿먹은 걸 앞세워 다른 누군가를 땜빵 취급하며 이용할 거에요. 전남친이 못해준 것들, 자신이 힘들었던 것들, 전남친한테 낭비한 것들, 삽질한 것들, 상처받은 것들을 다른 누군가로부터 보상받으려 들 것입니다. 자신이 원하는 '남자친구역할'을 해줄 사람을 똑같이 바라게 되는거죠. 이런 사람들을 볼 때마다 어느 유명 반려견 훈련사가 했던 말이 적절하게 생각납니다.

"외롭다고 반려동물을 키우면 그 반려동물이 혼자 있는 시간, 당신을 기다리며 혼자 공포에 떠는 그 시간들과 외로움을 어떻게 책임질 수 있나요? 그 부분에 대해서 생각해본 적 있나요? 그저 외모가 귀엽고, 옆에서 놀아주고, 재롱 부려주는 걸로 당신의 외로움과 공허한 시간만 해결되면 그만인가요? 그러다 반려동물이 외로울까봐 다른 반려동물을 데려다 놓으며 자신의 책임으로부터 회피하려 들기까지합니다. 그렇게 쉽게 데려왔다가 귀찮고, 털 날리고, 짖고, 아무데나 똥오줌을 싸고, 물건 망가뜨리고, 말도 안듣고, 아프고, 병들고, 유지비용이 많이 들고, 이럴 때마다 쉽게 버리지 않으신가요? 반려동물도 사람처럼 내가 생각하는 좋은 점들만 있는 게 아닌데 이런 부분들까지도 내가 케어할 수 없고 감당해낼 자신이 없다면 반려견을 입양하는데 좀 더 신중한 태도가 필요하지 않을까요? 장난감이 아니라 살아있는 생명입니다. 힐링 도구가 아니에요. 만약 당신이 그저 외로움과 그들의 귀여움때문에 반려견을 데려온다면 당신은 반려동물을 키울 자격이 없습니다."

반려동물이라는 단어를 연인관계로 치환해서 생각해보면 똑같은 이치가 됩니다. 외모가 이쁘고 잘생겼다고, 잘해주는게 편해서, 그 '노닥거림'과 '순간의 설레임'에 빠져 외로움을 달래는 게 좋았다가 데이트비용이 부담되고, 일이나 생활이 바빠져서 잘 챙겨주지 못하게 되고, 그게 또 부담되고, 혼자 편하게 지내고 싶고, 신경 쓰기 귀찮고, 간섭당하는 거 싫고, 자기 방식과 다르고, 뜻대로 안 따라주고, 성격 안 맞다고, 하는 게 맘에 안 들고, 이러면 자연스레 헤어지지요. 이런 사람들도 똑같이 누군가를 만날 자격, 사랑하고 사랑받을 자격은 없다고 생각합니다. 저렇게 장난감 취급 당하다가 버려지는 반려동물들에 대해서는 비인간적이고 일종의 잔인한 학대나 폭력처럼 느껴지지않나요? 그럼 그와 유사한 형태와 행위인 사람을 소모품 취급하는 것은 잔인하게 보이지 않나요? 더 잔인한건, 그런 찌질한 외로움과 결핍과 보상심리로 얼룩진 관계를 연애라고 사랑이라고 미화하고 포장한다는 거죠.

　펵이나 '사랑한다'고 말할 수 있겠네요.

참으로 아이러니 한 게
강아지나 고양이에게는 '반려'라는 말을 붙이는 데
정작 사람에겐 '소유'한다는 말을 쓴다.
노예나 가축이나 물건에게 써야할 단어로
내 것, 내 소유물이라 여기고
오로지 나만을 위한 무언가가 되어야하고
온전히 내 것이어야 한다는 것을
그들은 사랑 혹은 관계라 말한다.
반려동물과는 평생을 함께한다 여기는데
정작 사람은 물건짝처럼 사용한다.

## 나이는 먹었고
## 연애는 어려워

"망했어. 내가 아는 건 하나도 나오질 않았다구!"

내가 처음 그와 연애를 하기 시작했을 때 조금 아리송한 감정이 들었는데 그가 너무 좋아죽을 지경도 아니고 그렇다고 당장 헤어지고 싶을 정도로 감정이 없는 것도 아닌 그 중간의 분명하지 않은 그 무언가 때문이었다. 왜냐면 대단히 불타오르고 대단히 들끓는 마음이 생겨야만 '내가 이 사람을 정말로 좋아하는구나'라는 일종의 공식으로 내 감정을 항상 규정지었기 때문이다. 항상 이런 공식을 먼저 습득하고 대입하곤 했다.

"다들 그렇게 연애 하잖아."

왜 우리는 관계에 대해 스스로 질문하고 솔직한 조언을 구하지 않는 것일까? 어쩌다가 타인의 방식과 누가 정해준 답으로 모든 관계를 일반화하기 시작했을까? 덜 생각할 수 있어서일까? 그리곤 오류를 겪게 되면 다시 원점에서 허덕인다. 고정관념의 늪 속에서. 사람은 자기가 겪은 만큼 타인을 이해할 수 있다고 한다. 자신이 겪어온 것과는 다른 무엇에는 거부감을 느끼고 낯설어한다. 경험해 본 적이 없고 존재하리라 예상해본적 없는 감정을 나만의 그 공식으로 설명할 수 없다는 것에 혼란을 겪는다. 꼭 기출예상문제집에 나오지 않은 문제가 시험에 나온 것처럼.

인간은 적응하는 동물이라 했던가. 허나 새로운 것을 받아들이고 변화를 취하는 것 보다 익숙한 것에 쉽게 매달리곤 한다. 새로운 변화에 고민하고 낯선 느낌에 불안해하는 것 보단 늘 하던 대로 해줄 사람을 찾고, 그렇게 해주기를 강요하고, 딱 그만큼만 연애를 하면 쉽고 간단하다. 편리함과 편안함이 주는 익숙함에 딱 그만큼 안주해버리고 만다. 나라는 인간이 하는 연애라는게 거기까지인 것이다.

누군가가 말했다. 조금 단조롭고 펄펄 끓는 그런 뜨거운 관계는 아니더라도 그 것은 좀 더 자연스럽게 지내는 것이고, 굳이 많은 걸 생각하지 않아도 되는 그런 관계일 거라고. 설레임에 쫓겨서 혼자만의 감정소모도 덜 할 수 있고, 그런 여유 속가 서로를 더 알아갈 수 있게 한다고. 예전엔 그저 내가 좋아하고 원하는 행동을 해주던 게 좋았던 거 뿐이라고. 그 것에서 오는 자기만족을 좋아한 거지 그 사람을 좋아한 게 아니라고. 그 사람 자체를 생각했을 때 꽉 차오르는 기쁨을 느껴본적이 있냐고.

사실 없다.
내가 그 동안 맺어온 관계들은 무엇이었을까.

나이가 들어갈수록 연애가 어려워지는 것은 왜 그럴까? 단순히 머리가 영글어 가면서 불필요한 생각도 많아져 버린 것일까? 여러 관계들을 거쳐 오면서 상처에 내성이 생기긴 커녕 면역력만 더 떨어졌나 보다. 나이가 들어감에 수명도 같이 줄어들고 있으니 '의미 없는 관계는 시간낭비'라고 잣대만 굵어져 버렸다. 그럼 '의미 있는 관계'라고 말 할 수 있는 기준과 그 가치를 매길 수 있는 근거는 무엇일까? 그 동안 만나온 관계들로부터 얻어진 경험치와 데이터베이스들은 선입견과 편견으로 고착 되어버렸다.

아, 나는 스크루지 영감처럼 인색해졌다. 시간을 들여야지 얻을 수 있는 게 사람일 텐데 나는 아무 것도 손해 보기 싫고 노력하기도 싫다. 낭비와 상처에 대한 대책을 세운다고 해서 그 관계가 과연 성공적일 수 있을까? '연애가 성공적이다'라고 말할 수 있는 그 기준은 또 무엇일까? 남들이 말하는 '좋은 연애, 행복한 연애'가 과연 우리 모두에게 적용될 수 있는 것들일까? 그렇지 못하다면 왜 그런 주제들과 남의 경험에 끌려다니는 것일까? 만일 연애를 하며 감정소모가 적다면 아낀 만큼 진심을 다해본적도 없을 것이다. 안정적이고 소위 남들이 떠들어대는 '제대로 된 연애'의 보상심리만 늘어간다. 나이가 들수록 경우의 수가 줄어든 것이 아니라 나 스스로 제한을 두고 있는 것은 아닐까? 다양한 사람을 만나려는 시도와 수고에 노력을 기울이는 것 보단 싹을 솎아내는 작업이 쉽기 때문이다. 이게 다 더 나은 미래를 위한 작업이지 않은가? 오히려 그 것이 더 좋은 사람을 만날 수 있는 기회를 제거하는 것이다. 어떻게 알고 장담할 수 있겠는가? 내가 솎아낸 싹들이 비실해 보였지만 알고 보니 장성할 나무였을지. 그 것을 증명하듯 내가 골라 남겨둔 싹들은 나중에 하나같이 맘에 들지 않았다. 그렇게 눈에 좋아 보일 땐 인연이라 여기다가 맘에 들지 않으면 인연이 아니라고 단정지어 버린다. 나에게 맞는 사람이 없었던 게 아니라 내가 맞춰가지 못한 것 아닐까? 항상 그들이 잘못 되었고 그들이 틀렸다고 빽빽 소리를 질러댔지만, 아니다. 틀린 건 나였다. 이런 무식한 나를 그들은 어떻게 이해했고, 이해하려했던 것일까? 정작 난 단 한가지도 그들을 이해한 적이 없다. 스스로 해본 적도 없는 이해를 당연히 바라기만 했으니 '그들이 나를 이해해줬다'고 조차 느끼지 못했겠지.

수많은 사람들이 내 옆자리를 들락날락거렸고 그들 모두가 하나하나 다른 사람들이었지만 나는 늘 내가 원하고 딱 내가 할 줄 아는 그만큼의 연애만 반복했다. 남들은 배워가고 노력해갈 때, 나는 아무것도 것도 하지 않았다.

그럼 난 여태껏 연애를 하면서 무얼 했단 말일까?

비슷한 성향, 비슷한 만남을 반복하는 것도
더 좋은 사람을 만나지 못하는 것도

나를 이해해 줄 수 있는 사람을 만나길 희망하지만
사실은 내가 이해할 수 있는 만큼의 연애를 행한다.

받아들일 수 있는 만큼
생각할 수 있는 만큼
마음 쓸 수 있는 만큼
딱 그만큼 자신의 그릇만큼

당신이 누군가에게 좋은 사람이 되지 못하는 것도
그런 이유일 것이다.

여러 인간관계 속에서 혹은 연애를 해보면
내가 얼마나 이기적이고 못난 인간인지 알 수 있다.

열에 열하나는 그랬다.

자신을 위해 연애를 하면서 서로를 위함이라 말하고
외로움을 달래기 위한 집착을 사랑이라 여겼다.

나만 외롭지 않으면 되고
내가 애인이니까
나에게 당연한

사람이 다 나를 위해 연애하지 다 그런거 아니냐며

그럼 상대방도 똑같이 해도 되겠군요?
"아뇨, 안되죠."

자기 이기심은 존중받아야 하며
타인의 감정 따위 늘 당연하고 쉬운 것인

"누구를 위한 연애죠?"

## 누구를 위해서죠?
## 뭘 위해서죠?

무식한 왕이 말했다.
"네가 세상에 존재하는 이유는
바로 내 명령에 복종하기 위함 그 무엇도 아니지.
그런 네가 존재해야 내가 존재하는 법이니까."

　　여기 신혼부부가 있습니다. 연애한지 얼마 안됐는데 결혼을 했다네요. 특별한 문제는 없다고 했지만 이 부부는 문제가 많았습니다. 결혼을 성급히 치른 대가를 아주 톡톡히 치르고 있었지요. 서로 아는 게 없는 만큼 각자 내 방식만을 강요합니다. 서로가 '내가 하고 싶은' 결혼생활, '내가 편할' 라이프를 강요했어요. 사람은 모두가 다르고 나와 똑같은 사람은 존재할 수가 없는데 이들은 그걸 모르고 못 받아들여요. 이 부부는 당연히 '자기'

가 원하는 결혼생활이 되어야 된다고 생각합니다. 이건 연애를 얼마나 하고 결혼을 했는가, 결혼 몇 년차인가의 문제도 아닙니다.

남편 曰,

"결혼은 현실인데 하는 일이 힘들고 잘 안되고, 먹고 살아야하는 문제가 더 중요한데 아내는 연애할 때 하던 데이트에 집착하고 자꾸 놀아달라는 식이다."

맞아요. 돈벌이. 아주 중요하죠. 세금 낼 돈과 집세와 생활비는 그냥 주어지지 않으니까요. 일을 해서 돈을 벌 지않으면 손가락 빨다가 굶어죽을테니까요. 하지만 남 자는 딱 지가 할 줄 아는 만큼의 노력과 남편 역할, 가장 역할만 했을 뿐입니다. 그러면서 이렇게 '현실적으로 사 는 게 정답이다, 이게 결혼이다'라고 자기 혼자 결론을 다 내려놓고 거기에 아내가 맞춰주기를 바랍니다. 그리 곤 이런 와이프때문에 내가 더 힘들다고, 피해자라고 말 합니다. 그래서 제가 말했습니다.

"그럼 조선시대처럼 닥치고 남편 말에 복종하며 집구 석에서 집안일이나 하고 내조나 해주며 하녀처럼 살아줄 여자랑 결혼하시지 그러셨나요? 아? 여태껏 전여자친구 들도 그렇게 취급하셨겠군요? 딱 본인이 편한 만큼, 본인이 안 힘들만큼 노력하고 마음 쓰면서 뭐가 대단히 힘든 것처럼, 뭘 대단히 잘한 것처럼 생색내고 유세 떨죠? 그래놓고 '여자들이 자꾸 바란다, 난 최선을 다했는데 자꾸 더 원한다, 부담 준다'며 피해자인척 하셨죠? 분명 전 여자친구들이 그걸 참아줘서 잘 지냈던 것 일 텐데요. 아닌가요? 그렇게 당연하게 여기니 현재 아내와의 결혼생활이 버겁고 맞춰가기 힘들고 이해 못하시는 거 아닙니까? 그렇게 자유롭고 싶고, 내 편한대로 살고 싶고, 내 인생의 시간 1분 1초도 할애하기 싫으시면 결혼을 하지 말지 그러셨나요? 아니면 그렇게 본인만 편한 결혼이 하고 싶으시면 차라리 국제결혼을 하지 그러셨나요."

　남자는 말이 없어졌습니다. 헐벗겨진 기분이었겠죠. 스스로 좋은 놈이라 괜찮은 놈이라 힘주며 살았겠지만, 아내를 어떻게 취급하는지 자기 입으로 증명한 셈입니다. 자기중심적이고 이해타산 적이고 아내의 입장에 공감을 해주지 않는 성향의 사람이었습니다. 늘 자기 편한대로 합리화하죠. 그것이 '우리를 위한 것이고, 가장 효율적인 방법이고, 내가 생각하는 좋은 결혼생활'이라 말하지만 보시다시피 '지가 생각하는' 좋은 결혼생활이며, 철저히 '내가 편할', 즉, 자신을 위한 변명과 위선입니다.

아내 曰,

"남편은 쉬는 날이 일주일에 3일인데 꼴랑 하루만 자기랑 같이 놀아준다. 같이 뭔가를 안하려고 들면서 맨날 친구만나고 지 할 거 다한다."

네, 이 남편이 얼마나 자기중심적이며 아내를 홀대하는지도 알 수 있습니다. 남편은 그 하루 놀아준 걸 대단한 희생과 수고라고 말했습니다. 하지만 아내도 아내인게, 남편에게 주어진 쉬는 날 72시간이 다 지를 위한 시간이 되어야 된다고 생각해요. 개인의 인생과 시간을 존중해주지 않고 자기 것이라고 생각해요. 게다가 결혼에 대한 어떤 책임감이 없습니다. 백마 탄 왕자와의 로맨스를 꿈꾸듯이 결혼에 대한 환상에만 빠져있습니다. '지가 원하고, 지가 꿈꿔왔던, 지가 만족해야 되고, 지가 즐거워야하는 결혼생활'을 하고 싶은 거지 우리가 즐겁고 우리가 행복할 결혼을 위하는 게 아닙니다. 아내도 똑같습니다. 지가 상상하는 아름답고, 행복하고, 남들 사는 것처럼 알콩달콩한 그런 결혼생활에서 얻어지는 환상을 충족하려 듭니다. 그래서 제가 말했습니다.

"남편의 인생이 오로지 본인을 위한, 본인이 원하는 소꿉놀이의 장난감으로 보이십니까? 아니면 전남친이다 그렇게 오냐오냐 받아주고 놀아주고 맞춰줬기때문에 이 남편도 당연히 그래줘야한다고 생각하시는 건가요? 그럼 차라리 호빠 선수를 만나지 그러셨나요? 돈만 지불하면 본인이 원하는대로 얼마든지 놀아줄텐데요. 남편 인생이 고작 본인 만족을 위한 기쁨조로 보이시나요? 그럼 본인은 이 결혼생활을 위해서 하시는 게 뭐죠?"

유치하죠? 유치하고 유치합니다. 솔직히 말하면 둘 다 틀렸고, 둘 다 맞기도 합니다. 누구 말이 옳다 아니다, 누구 방식이 맞다 아니다라고 한쪽으로 치우쳐서 판단할 문제가 아니라 입장 바꿔 생각해야 하는데 이 둘은 자기 사고방식이 무슨 법률인양 가르치려고 들고 그 기준과 잣대에 안 맞으면 상대가 잘못되었다라고 여깁니다.

결혼에 대한 회의감을 계속 들어갈 것이고, 이 둘은 수준 낮은 결혼생활로 조만간 법원으로 유턴할 것입니다. 이게 점의 결론이었습니다. 결국 둘 다 똑같습니다. 끼리끼리 만난다는 게 이런거에요. 성격/성향/취향이 같은 사람들끼리 만나는 게 아니라 생각하는 수준이 비슷하고, 세상 보는 시야가 비슷하고, 삶을 대하는 자세가 비슷한 인간들끼리 만납니다. 똑같은 수준의 사람들끼리 만났으니 어떤 맥락에선 '천생연분' 아닐까요?

이 부부의 전남친과 전여친들이 얼마나 고생했을지도 알 수 있습니다. 결혼도 이런데 이들의 연애사도 불 보듯 뻔하죠. 마지막으로 남자가 합리화하기를 "다들 그렇게 살지않나요?"라고 하길래 제가 말했습니다.

"네, 다들 생각하는 게 딱 거기까지니까, 딱 그만큼 만나다가 성격차이라는 말 같지도 않은 이유로 헤어지죠. 마치 그렇게 사는 게 정상인 듯, 보편적인 사람인 듯, 문화인 듯 여기면서요. 주례사 선생님이 동행이나 존중에 대해서 말씀 안하시던가요?"

이 부부만 유달리 문제가 있고 유별난 게 아닙니다. 제가 겪어온 많은 커플들의 연애문제는 십중팔구 이런 패턴이었습니다. '남녀노소'에 상관없이요. 사람들이 생각하고 말하는 진지한 연애란, '내가 만족하는 예쁜 소꿉놀이를 천년만년 안 헤어지고 나만 상처 받지 않으면서 하는 것'이라고 말합니다. 네, 예쁜 소꿉놀이요. 깊은 애정이나 상호존중으로 이루어진 관계가 아닌 예쁜 소꿉놀이요. 그 것에서 오는 자기만족과 나만 상처 안 받고 나만 안 힘들면 되는 연애, 모든 게 다 나를 위한 연애여야 되는걸 '제대로 된 연애'라고 가치를 두더군요. 언제부터 사람들이 연애라는 이름 하에 사람을 '사용'하기 시작했을까요? 어째서 상대방이 당연히 내 사고방식대로 행동해주고 내 입맛대로 살아줄거라고 생각할까요? 언제부터 상대방의 인생이 내 것이어야 되고, 모든게 나를 위해 당연한 것들이 되었을까요? 나에게도 살아온 시간과 삶의 방식이 있듯이 타인에게도 똑같은 24시간과 일상과 맺어온 인간관계와 하나의 세상이 존재할 텐데 말이죠. 공동체의식과 타인에 대한 배려와 양보를 중요하게 여기는 사회에서 아이러니하게도 연애와 관계에 있어서는 이기적이고 타인의 희생을 당연하게 소비시킵니다.

한 해외시상식에서 여우주연상을 탄 배우의 수상소감이 기억납니다. 눈물을 글썽이며 자신의 남편을 향해 "My best friend"라 부르며 오랜시간 자신과 함께해주었음 대해 감사를 표했죠. 이 'Best friend'라는 말이 그들의 끈끈한 애정과 친밀함을 더 느끼게 했습니다.

옆을 보세요.

옆에 있는 당신의 연인은 소모품이란 말이 어울리나요 아니면 동행이란 단어가 잘 어울리는 사람인가요? 당신은 당신의 연인을 'Best friend'라고 부를 수 있나요? 또한 당신도 'Best friend'라고 불려질 만한 사람인가요?

참 이상하지 않나요?


서로 나만 피해자라고 얘기하는데


피해자는 두명인데

가해자는 없어요.

멋 모르던 어릴 적엔 누군가의 마음을 가지는 것이 지당한 사랑이라 생각했다. 쉽게 영원을 약속하고 변하지 않는 사랑만 한다면 완벽한 연애를 한다고 생각했다.

넘치는 사랑을 아낌없이 주는 것처럼 보이겠지만 뒤집어보면 사실 내 방식을 억지로 강요하곤 했다.

방식의 차이일 뿐 감정의 문제가 아니라는 것을 깨닫기 전까지는 '내가 이만큼 좋아하니까 너도 똑같아야 한다'라고 늘 합리화했다. 소유욕으로 변색된 내 마음 속 규격에다가 항상 누군가를 구겨넣으려 했다. 마치 프로크루스테스*처럼. 삐뚤어진 소유욕은 점점 보상심리가 되어갔다. 나를 떠나는 사람들이 생겨날수록 실패작을 만들어내지 않기 위해 더더욱 사람을 숨막히게 했다. 이런 나를 진저리치며 떠났던 그가 이렇게 말했다.

*프로크루스테스
그리스 신화에 나오는 악당. 자기 집에 들어온 손님을 침대에 눕히고 침대보다 키가 크면 다리나 머리를 자르고, 작으면 사지를 잡아 늘여서 죽였다.

"넌 니가 하고 싶은 연애 시나리오를 완벽하게 연기해줄 배우는 찾는거다. 한명의 사람으로써 나란 사람과 나의 방식과, 나의 감정과, 나의 인생을 존중해준적이 있는지 묻고싶다. 넌 항상 나에게 사랑을 구걸했다. 줘도 줘도 모자란다고 불안하다고. 넌 뭐든 니 마음에 들어야만 사랑인 줄 안다. 내가 신경써주고 애써주었던 것들은 너에겐 그저 아무것도 아닌 것이었겠지. 너의 그런 예쁜 감옥에 갇혀질 누군가가 정말 불쌍하다."

잘 지내고 있다는 것은

당신이 잘해서가 아니라

상대방이 참아주고 맞춰줬기 때문

그래요, 그게 당신의 방식이니까요.
하지만 당신의 연애방식이
누군가를 충분히 힘들게 할 수 있고
그 연애방식 때문에
당신도 누군가에게 개쓰레기 같은 인간이 될 수 있죠.

당신의 사랑에 취해있었지
당신이 지쳐가는줄도 모르고


당신이 지쳐가는 모습을
난 변했다고 생각했지
무엇이 당신을
이별의 문턱앞에 몰아세웠는지도 모르고


당신과의 만남과 이별을 통해 분명해진 것은


당신은 진심으로 나란 사람을 사랑해주었다는 것과
난 끝까지 당신이 만들어준 '내 연애'를 사랑했다는 것

나만의 소유물이 아닙니다.

사랑받고 싶은 욕구, 외로움과 결핍을
충족해주는 대체물은 더욱 아닙니다.
당신이 하고 싶은 연애를 위해서
태어나고 사는 사람은 아무도 없습니다.


사람으로써 존중해주세요.
당신이 하고 싶은 연애를 만들어주고
당신의 인생을 대신해주는 '도구'가 아닙니다.

# 결혼을 하셨습니까?
# 아니면 결혼을 해치우셨습니까?

"아니지, 아니지. 중요한 건 내 인생이라고.
네가 어떻게 살게 될지는 중요하지 않아."

 

사람이 사람을 사용하는 잔인한 장면을 결혼에 관해 질문하는 손님들의 이야기에서도 자주 보았습니다. '남자친구가 결혼을 원한다. 여자친구가 결혼을 자꾸 서두르려고 한다'같이 한쪽에서 결혼을 언급하고 다른 한쪽에서 고민하는 형태가 많았습니다. 그리고 그런 고민을 하는 분들이 저를 방문하게 되지요. 종종 자주 오는 손님이 있었습니다. 한 날은 자신의 남자친구가 결혼을 언급하여 이 남자와 결혼을 해도 되는 건지를 물었습니다. 점의 내용은 불보듯 뻔했습니다.

"내 인생과 삶의 계획을 포기하고 결혼을 한 것을 결혼 후 얼마 못가서 후회하게 될 것."

이 것이 질문의 대답이었습니다. 그도 그럴 것이 이 질문자는 20대 중반쯤의 나이에 대학졸업 후 이제 막 사회에 나가기 위해 취업준비를 하는 중이었고, 남자친구는 흔히 결혼적령기라 불리는 30대 초반의 직장인이었거든요. 질문자는 혼란스러울 수 밖에 없었을 것입니다. 이 남자를 믿고 결혼이라는 인생의 큰 중대사에 발을 들여도 되는건지, 그러기엔 자신이 아직 제대로 뭘 해본 것 없는 사회초년생인데 내 삶의 계획을 포기하고 살아도 되는건지, 좋은 아내가 될 수 있는건지, 도무지 어디에 초점과 비중을 둬야할 지 판단이 서질 않았습니다. 내 인생을 포기하던가, 결혼을 안할거면 남자를 포기하던가 둘 중 하나인데 둘 다 내려놓을 수가 없었거든요. 그렇다고 결혼을 덜컥 해버리자니 용기도 없고 미래도 불투명하고, 그렇다고 질질 끌기엔 남자는 나이를 먹어갈테고, 몇 년을 더 두고본다고 해서 확신이 생긴다는 보장도 없으며, 결혼을 미루고 미루다 헤어져버리면 이 남자의 시간만 뺏는 셈이 되니 결혼 생각이 없으면 지금

보내주는 게 남자를 위해서 좋을테까요. 꼬리에 꼬리를 무는 딜레마에 여자는 답답해 했습니다. 사람 일이란게 어떻게 될지 모르는 법이지만 당장 어떤게 더 옳은 선택인지 뭐 하나 뚜렷하게 가시화되지 못했던거죠.

이런 고민을 하는 손님들이 종종 오십니다. 성별에 상관없이요. 그럴 때 마다 제가 해드리는 얘기가 있습니다.

"가셔서 연인께 꼭 이렇게 물어보세요. 나를 정말 사랑해서 남은 여생을 정말 같이 함께 하고 싶어서 결혼하자고 하는건지, 아니면 그저 '결혼을 해치우려고' 그러는건지를요. '나이는 먹어가고, 부모님이 결혼을 강요하고, 자꾸 잔소리 하시니까, 주변 사람들은 다 결혼하고 나만 혼자 남아서, 다들 결혼해서 그렇게 사니까, 그게 예뻐 보이고 부러워서, 결혼 안하면 사람들이 이상하게 보니까.' 이런 동기와 이유로 그저 결혼을 해치우려고 하는 후자의 경우라면 당신과 당신의 인생은 노총각/노처녀 딱지 떼주는 용도로 사용되는 것 그 이상 그 이하도 아닐 겁니다."

많은 사람들이 생각하는 결혼이란 사랑하는 사람과 함께 살아가는 동행의 의미가 아니라 '나 결혼식 치뤘다, 나 결혼했다.'가 중요한 것이더군요. 언제부터 신성한 결혼이 이렇게 남의 인생을 자기 결혼 해치우는 소모품으로 희생시키는 것이 되었을까요? 잔인하지 않나요?

"언젠가 누구와든 할 본인의 결혼에다가 지금 만나는 사람을 집어넣으려고 하는 거 아닌가요?"라고 물으면 대부분 말이 없어집니다. "아니에요."라고 말 할 수 있는 사람은 얼마 없었습니다. 자기가 결혼해서 잘 살게 되는게 중요하지 상대방도 똑같이 결혼이라는 삶의 이벤트와 삶의 변화를 겪는 거라고는 생각을 못합니다. 게다가 결혼에 대한 동기부여가 고작 남들하니까, 남들 시선과 사회적 인식 때문에, 나도 그래야 될 것 같으니까. 그럼 그렇게 해 줄 사람이 필요하니 적당히 사람 좀 괜찮다 싶고, 1-2년 좀 만났다 싶으면 연인에게 결혼을 요구합니다. 아니 정확하게는 이렇게 묻는거죠.

"더 늦기전에 내가 해야될 결혼 좀 해결해줄래?"

최근에 그런 말을 많이했습니다.
결혼을 하지 않았다고해서
둘의 만남이, 둘의 사이가, 둘의 감정이
문제가 있는거냐고

식장에 들어가서 행진을 하기전까지는
사랑하지 않는게 되는거냐고

왜 꼭 결혼을 해야지만
진정한 사랑이고
제대로 된 만남이고
올바른 관계인 것이냐고

그럼 세상의 모든 미혼커플들과
결혼전제가 없는 관계들은
부도덕적이고
불건전하고
비상식적인 관계냐고

# 언제부터 사람들이
# 점을 그냥 보기 시작했을까?

"미래를 알게되는 것 만큼 불행한건 없을거야.
현재를 즐기면서 살 수가 없잖아?
매일 밤 나에게 일어날 일들을 곱씹으며 한숨만 쉬며 살게 될거라고.
그러니 미래를 알게되는건 저주야 저주."

30세기 미래를 구하기 위해 세일러문은 시공의 문 앞에 섭니다. 그 문을 지키는 세일러 플루토가 경계를 취하며 차분하게 말했습니다.

"미래를 보는 것, 미래를 알게되는 것은 금기 중의 금기입니다. 마음의 준비를 하셔야합니다. 그리고 미래를 알게된 댓가가 따를 것입니다."

세일러문은 시공의 문을 지나 30세기 미래로 갑니다. 눈 앞에 펼쳐진 것은 악당들에 의해 모든 것이 파괴된

지구와 영원한 잠에 빠진 자신의 모습을 마주합니다. 자신에게 펼쳐질 잔인한 미래와 현실을 알게되지요.

언제부터 점을 보는게 문화생활 혹은 데이트코스 중 하나가 되었을까요? 물론 다른 점에 비해서 진입장벽이 낮고 좀 더 캐쥬얼하고 접근이 용이한 것은 사실입니다. 덕분에 각종 이상한 형태로 양산되고 그 본질은 변색되어지기도 했습니다. 사람들이 점을 아무 생각없이 보는 경우도 많아지고 이걸 배우려는 사람들도 많아졌습니다. 저도 수강생을 종종 받습니다. 그럴 때마다 꼭 이렇게 얘기합니다.

"큰 일이든 작은 일이든 누군가에게 일어날 일, 누군가의 미래를 알려주는 일이에요. 남의 미래를 얘기 하는 것에 신중함과 책임감을 가지시길 바래요."

허나 업자들도 각종 상술과 이상한 쇼맨십과 싸구려 말빨 같은 걸로 손님들의 지갑만 터는데 열중합니다. 큰 일이든 작은 일이든 자신에게 일어날 현실을 알게되는 것에 손님들도 경계를 하지않습니다. 미래를 알기 쉬워졌다고 자신의 미래마저 쉽게 생각하게 된 걸까요? 점점 더 아무 생각없이 보는 것 같아요. 정말 자기가 묻고 싶은게 있고 그 것이 어떻게 되는지, 그에 따라 내가 어떤 적절한 행동과 선택을 해야하지는지를 생각하며 오는 손님은 열에 한둘정도 밖에 안됩니다. 아무 생각없이 들어와서는 그냥 '재미로 보는거'라고들 많이 말씀하시는데, 저는 이 말이 가장 듣기 싫고 무례하게 느껴집니다.

"저는 코미디언이 아닌데요. 재미를 드리는게 제 직업이 존재하는 이유는 아니라고 생각합니다만."

점을 보는 행위에 대해 사람들이 어떤 인식을 가지는지를 생각하면 어떨 땐 꽤 불쾌해지기도 합니다. 어떤 커플이 방문하였고 남자친구가 다들 그랬듯이 "재미로 보는 건데요 뭐."라고 말했습니다. Oops. 그들의 연애는 곧 헤어질거라고 나왔죠. 그 연유도 남자의 자기중심적인 성질머리와 안일한 태도에서 비롯되는 것이었습니다. 이미 이 남자친구는 의무적인 연애 패턴에 빠져있었고 딱 지가 나쁜놈 되지 않는 선, 지가 욕먹지 않고 귀찮지않는 선에서의 형식적이고 기계적인 '남자친구 역할'을 답습 중이었습니다. 여자는 괜히 긁어부스럼 만들어낼까봐, 괜히 감정적으로 굴었다가 헤어질까봐 그 장단에 그냥 참으며 지낼 뿐이었죠. 그러다 여자가 감정적으로 굴거나 아쉬운 소리를 조금이라도 해대면 지가 잘했는거, 지가 참았는걸 앞세워서 역관광을 시전합니다. 남자의 자기합리화와 말빨, 잔머리에 여자도 슬슬 지쳐가게 될 것이고 남자도 점점 남자친구 역할과 변명거리가 바닥을 드러나기 시작할 것입니다. 그러다 결국 헤어질 것이라고 대답해줬습니다.

"본인의 영혼없는 연애와 이기적인 태도로 인해 헤어지게 될 건데 아직도 본인의 미래를 재미로 본다고 말씀하실건가요? 재미있으신가요?"

물론 점에 대해 너무 무겁게 받아들일 필요는 없지만 그렇다고 이렇게 생각없이 보는 건 지양될 필요가 있다고 생각합니다. 무속인에게 그냥 심심해서 가시진 않잖아요? 어느 점집을 가시더라도 꼭 궁금한게 있을 때 방문하세요. 알고 싶은 것, 궁금한 것이 분명하게 있어야 질문을 정확하게 할 수 있고 점쟁이가 무슨 말을 하는지도 정확하게 이해할 수 있습니다. 생각없이 들어오셔서 "뭘 물어야될지 제가 뭐가 궁금한건지 모르겠어요. 남들은 뭐봐요?"라고 말씀하시면 저는 미간이 내 천(川)자로 팍 찌그러집니다.

"자기가 궁금하고 알고 싶은 걸 보지 남이 보는 걸 따라서 보진 않는데요."

타로점이 상대적으로 접근성이 쉬운건 사실이지만

쉽게 미래를 볼 수 있다고

당신의 미래마저 쉽게 여기시나요?

그럼 또 이렇게 말하시겠죠.

"재미로 보는 건데요 뭐."

# 타로를 볼 때
# 가장 중요한 것은 '질문'

물고기는 기대에 찬 목소리로 말했다.
"선생님, 제가 어디가 아파서 왔는지 맞춰보세요."
의사는 미동 하나 없이 말했다.
"정신병이군. 정신병엔 약도 없으니 돌아가."

타로점을 볼 때는 몇가지 룰이 있습니다. 정해진 운명을 보는 것이 아니기에 태어난 시간 대신 '질문'이라는 게 필요합니다. 알고 싶은 것에 대한 정확한 요지를 한 줄의 문장으로 서술하여 질문해야합니다. 그래야 그 질문에 대한 상황을 예측해서 대답을 할 수가 있기 때문이지요. 타로는 상황을 보는 점입니다. 막연하게 볼 수가 없어요. 그래서 가장 중요한 것이 바로 이 '질문'입니다. 그냥 생각없이 들어와서는 "그냥 다 봐주세요, 다 나오는거 아니에요?"는 안됩니다. 막연한 질문도 안됩니다. 당신이 알고 싶은 '상황'에 대해 구체적으로 질문하세요. 그리고 당연한 인과관계로 인해 결론이 나거나 자신의 의지와 노력으로 선택, 해결할 수 있는 질문은 하지마세요. 질문할 필요가 없는 것들입니다. 대표적인게 다이어트와 시험이지요. 살은 운이 안 좋아서 찌는걸까요? 과연 살이 운이 좋은 시기일 때 그냥 빠지는 걸까요? 운이 나빠서 과연 낮은 점수를 받았을까요? 점쟁이가 살이 빠진다고 말해주면 몇 년 동안 쌓여있던 지방덩어리가 그냥 운과 시기와 운명에 의해서 태워지는건가요? 보디빌더들과 모델들은 '살이 안찌는 운, 살이 빠질 운'이라서 과연 그런 몸매를 가졌을까요?

그럼 정확한 질문을 해봅시다.


[ 질문하기의 올바른 예 ]

– 나에게 고백한 사람의 마음을 받아줘서 사귄다면?

– 이직 제안을 받았는데 그 회사로 옮겨가면 어떻게 될까?

– 지금 하는 사업을 접고 새로운 아이템으로 시작하려고 하는데 잘 될 것인가?

- 소개 받은 사람과 발전이 될 것인가?
- 투자 제안을 받았는데 여기에 투자를 하면 이익이 날것인가?
- 전남친이 다시 사귀자고 연락이 왔는데 다시 만나면 어떻게 될까?
- 사업장을 하나 더 오픈할려고 하는데 확장을 하면 어떻게 될 것인가?
- 권리금을 받고 가게를 팔 수 있을 것인가?

이렇게 그냥 '연애운이요, 연애봐주세요, 일 관련해서 봐주세요, 금전 풀리는지 봐주세요'가 아니라 알고싶은 요지와 맥락을 정확하게 질문해야합니다. 업자들이 편의를 위해 연애, 직장, 일, 사업, 건강 이렇게 분류해놨을 뿐 타로는 이렇게 제목이 아니라 질문의 내용 그 자체가 중요합니다.

[ 질문하기의 나쁜 예 ]

- 언제 잘 살아요?
- 언제 잘되요?
- 5년 후에 저 뭐하고 있을까요?

- 저 앞으로 뭐해야되요? 무슨 직업 가져야해요?
- 이 직장에서 언제 그만두나요?
  └ 니가 때려치우면요.
- 이 사람이랑 언제 헤어져요?
  └ 니가 끝내면요.
- 중간고사 시험 성적이 잘 나올까요?
  └ 니가 열심히하면요.
- 몸이 계속 안좋은데 어디가 아픈지 모르겠어요
  └ 몸이 아프면 점집이 아니라 병원을 가시는게?
- 로또 언제 되요?
  └ 그걸 알면 내가 이러고 있겠냐.
- 좋아하는 연애인이랑 사귈 수 있을까요?
  └ 니가 태어나고 존재하는 지도 모름.
- 우리 우정이 영원할까요?
- 내 마음을 모르겠어요.
- 제가 무슨 생각을 가지고 있나요?
- 이 사람이 저랑 맞나요?
- 뭐해야 될지 모르겠어요
- 이 집으로 이사가면 돈을 많이 버나요?
  └ 그건 풍수지리를 보셔야죠.

이런 말도 안되는 질문들을 들으면서 느낀 것은 정말로 많은 사람들이 쓰잘데기 없고 불필요한 상념에다가 감정소모를 하며 산다는 것입니다. 조금만 상식적으로 생각해보면 몰라도 되고, 안 물어봐도 되고, 의미 없고, 신경 안써도 되고, 스스로 해결할 수 있고, 질문할 필요가 없는 것들을 질문합니다. 그 중에서도 특히 "내 마음을 모르겠어요. 제가 이 사람을 어떻게 생각하고 있나요? 제가 무슨 생각을 가지고 살고 있나요?"와 같은 질문들을 들을 때마다 저는 속으로

'......그걸 내가 어떻게 아냐고!!!'라고 소리칩니다.

참 답답하고 안타까운 질문이에요. 사실 저라고 그걸 어떻게 알겠습니까. 빙의라도 하지않는 이상.

타로로 사람의 내면이나 약간의 심리상태를 '유추'해볼 수는 있습니다. 하지만 기본적으로 심리가 아닌 '상황' 예측하는 점입니다. 질문에 대한 상황이나 사안에 대해서 질문자 혹은 상대방의 감정상태를 조금 읽어낼 수 있는 것이지, 무작정 내 마음을 빙의한 듯이 줄줄줄 다 읽어내고 다 말해주는 것이 아닙니다. 설사 줄줄줄 다 말해준들 자신도 모르는 걸 설명해주는 데 과연 다 이해되어질까요? 저런 식으로 정확한 요지와 맥락이 없

이 점을 봐주고 "당신 마음 이렇네요"라고 한들 그냥 적당히 때려맞추고 끼워맞추는 것 밖에 안됩니다. 코에 걸면 코걸이고 귀에 걸면 귀걸이가 되는 식이지요.

그리고 질문을 중첩해서 겹쳐서 볼 수 없습니다. 그러니까 연애는 연애고, 일은 일, 따로 봐야합니다. 한 번의 스프레드 안에서 여러 가지 질문이나 각각 별개의 상황을 겹쳐서 볼 수 없습니다. 연애에 대한 걸 봤고 일에 대해서 궁금하면 카드를 다시 섞은 뒤 새로운 질문을 받고 카드를 새로 뽑고 해석해야합니다.

한 번 본 질문에 대해서는 두 번, 세 번, 열 번, 백번도 보지마세요. 전남친이랑 다시 잘 된다는 내용이 나올 때까지 똑같은 내용으로 똑같은 질문을 반복한다고 해도 달라지는 것은 없습니다. 실제로 길거리에 있는 타로점집들을 하나하나 다니면서 자기가 듣고싶은 애기들려고 하는 분들이 정말 존재합니다. 이건 점에 의존하며 현실을 못 받아들이는 것입니다. 어떤 맥락에선 일종의 정신병이라고 할 수도 있어요. 이런식으로 점에 대해 무조건적으로 의존하거나 맹신하는 행위는 '사이비종교'에 빠진것과 똑같습니다.

# Q & A

## Interview

## Bullshit and Stereotypes About Tarot cards

### Q. 언제부터 이 일을 시작하였나?

A. 2010년 가을로 기억한다. 지금이 2020년 가을이니
   딱 10년이 되었다.

### Q. 어떤 계기로 일을 시작하게 되었나? 많은 직업 중에 타로 카드를 선택한 이유가 있다면?

A. 나도 자주 보러다니곤 했다. 궁금한 게 있을 때 그게
   어떻게 될지 알고 싶을 때 자주 갔고, 내가 어떤 것
   을 선택하고 생각하는데에 많은 도움이 됐다. 그리고
   일단은 신기했다. 어떻게 미래를 알고, 보고, 맞힐 수
   있겠는가? 그게 가장 큰 매력이었다. 자주 방문하다
   보니 그 샵의 사장님과도 얼굴을 익히게 되고 친분도
   쌓였다. 단골이 된 것이다. 그러다 '아, 내가 직접 이
   일을 해보면 좋겠다'라는 생각을 하던 찰나에 그 사
   장님이 마침 직원을 구하고 있었고 나에게 이 일을
   해보지 않겠냐고 먼저 제안을 했다. 아마 나에게서
   이 일을 하기 위한 숨겨진 재능이나 잠재력을 봤나보
   다. 당시엔 대학 졸업 후 그냥 알바나 하며 방황하던

때였는데 생각지도 않은 기회가 주어졌고 이게 내 첫 직업이 됐다. 역시 사람일은 모르는 법이다. 그리고 사실 돈을 보고 시작한 이유도 있다. 당시엔 이게 상당히 붐이 일었기 때문에 수입이 꽤나 괜찮아보였다. 1차적인 동기부여는 돈이었다. 돈 때문에 시작했다는 말을 부정하진 않겠다.

**Q. 생활이 가능할 만큼 수입이 괜찮은가?**

A. 괜찮'았'다. 지금은 많이 대중화 되어졌고 수요에 비해 공급만 많아지고 있는 상황이다. 게다가 무차별적으로 양산되고 변질되어 전파되면서 인식 또한 좋지 않아져 그 의미를 많이 잃어가고 있다. 그러다보니 손님은 계속 줄고 있는 상황이다. 투잡을 하시는 분들도 꽤 있다. 나도 그랬었고.

**Q. 믿을 수 있는 것인가?**

A. 신빙성에 대해서는 장담할 수 없다. 사실 나 자신도 이걸 믿느냐하면 그렇지 않다. 믿는다기보다 그냥 도구로 활용한다. 또 일하면서 단 한 번도 이걸 믿으라고 설교한 적도 강요한 적도 없다. 나는 질문자가 궁

금해 하는 것을 점쳐주고 대답해 주는 사람이다. 그것이 나의 할 일이지 포교활동을 하는 사람이 아니다. 믿고 말고는 개개인이 받아들이기 나름이다. 개인적으로 이런 종류의 것들에 맹신하지 않았으면 좋겠다. 정신건강에 좋지 않다.

## Q. 과학적인가 비과학적인가?

A. 과학적이라 말 할 수가 없다 대중심리학, 유사과학의 일부로 분류되곤 한다. 과학보단 철학적인 사상들과 관련이 있다고 생각한다. 알다시피 과학적으로 증명할 수는 없다.

## Q. 독심술은 도대체 어떻게 쓰는 기술인가?

A. 대화하거나 사람과 직접 부딪히고 사람을 대하다 보면 분위기나 말투, 눈빛, 표정, 움직임, 몸짓, 태도에 다 드러난다. 어떤 사연이 있는 것 같은 분위기가 있다고나 할까? 대화에 집중하고 어감을 잘 느끼다 보면 사람의 마음을 읽어낼 수가 있다. 속에 뭔가 감추고, 묻어두고, 억지로 감정을 눌러 삼키고 있음을 직감할 때가 있다. 예를 들면 이별했을 때라던지. 묘하

게 사람 분위기가 바뀌어져 있고, 눈빛에서 드러나는 경우가 많다. 종종 내면이나 성격같은 것도 읽어낼 수 있는데 특히 외로운 인간들은 그들 특유의 애정결 핍과 사무친 외로움이 그대로 다 묻어난다. 가장 읽어내기 쉬운 케이스들이다.

**Q. 예쁜 타로카드는 어디서 사는가?**

A. 인터타로 http://www.intertarot.kr

**Q. 왜 타로는 먼 미래를 볼 수 없는가?**

A. 사주나 점성술처럼 어떤 특정시기를 자세하게 분석해낼 수 있는 방법이나 기준이 없고 그런 해석 시스템(?)이 없어서가 아닐까? 용도와 기능이 다른 점이라 그럴 것이다.

**Q. 카드 한장 한장마다 뜻이 여러 개 있는데 그 중에서 어떤 의미가 올바른 해석이 되는지 어떻게 아는가? 그냥 끼워 맞춰 대답한다고 생각할 수 있지 않은가?**

A. 그렇다. 충분히 그렇게 생각할 수 있다. 한 장마다 내제된 키워드와 의미는 다양하다. 하지만 기본적인 개

념과 원리만 잘 이해한다면 그 중에서 어떤 게 가장 적절한 해석에 알맞는지 논리적으로 유추해낼 수 있다. 그러다보면 자연스럽게 이야기가 만들어진다.

## Q. 타로카드 혹은 점이라는 것에 대해 본인이 정의하는 개념은 무엇인가?

A. 타로는 그림과 그 안에 내포된 의미들을 해석(解析)하여 질문자의 물음에 대답을 해주는 것이다. 사주나 점성술, 타로카드, 4원소설, 음양요행, 4체액설 등등 이런 것들은 동서고금을 막론하고 고대부터 존재하지 않았는가? 내 생각엔 그 시절, 그 시대를 살던 사람들이, 자신들이 살던 세상과 우주와 삶에 대한 이치를 알고자 깨닫고자 했던 노력의 산물이라 생각한다. 세상의 원리를 탐구하고 좋지 못한 일들은 피하고 삶을 좀 더 현명하고 살고자 방안을 찾던 노력들이 여러가지 사상들로 학문화 되어져 후세대로 전파되어진게 아닐까? 그 시대엔 아무 것도 없었으니 자신들이 존재하는 이유나 세상에 대한 궁금증, 미지에 대한 공포, 어떤 일이 닥칠지 모르는 그런 공포 같은 것에서 출발된 것은 아닐까?

## Q. 카드를 뽑을 때는 반드시 왼손, 혹은 잘 안쓰는 손으로 뽑아야하는가?

A. 아무 손으로 뽑아도 상관없다. 발로 뽑아도 된다. 한쪽, 혹은 양쪽 팔이 다 없는 사람은 어떡할 것인가? 그럼 양손잡이는? 좌뇌우뇌설, 뭐 왼손이 심장이랑 더 가깝기 때문에 왼손으로 뽑아야 한다고 들은 적이 있는데, 상징적이고 신비성을 주기 위해서 만들어낸 아무 근거 없는 낭설이라 생각한다.

## Q. 타로 심리상담사라는 직업이 있다고?

A. 현대에 들어 심리상담의 도구로 쓰이는 추세가 많은데 심리학 전공자들이 타로카드를 하나의 상담도구로 쓰는 경우도 많다. 그들은 심리학과 상담에 대한 기본적인 지식이 있기 때문에 상담의 도구로 적절히 활용할 수 있다고 본다. 허나 현재 타로심리상담사라 불리는 직업은 온라인 강의를 대충 듣고 공신력이라곤 1도 없는 자격증을 돈 주고 산 뒤 강사라고 심리상담사라고 활동하는 개나 소나가 많다. 아이러니한 것은 타로심리상담사 자격증을 배우는 과정에서 심리학과 상담에 관련 된 내용은 전혀 가르치지 않는

다. 그렇게 학위도 없고 논문도 없고 심리학과 상담에 대해 배워본 적도 없는 사람들이 그저 온라인강의 몇시간 듣고 돈 주고 산 자격증 하나만으로 상담사가 되어버린다. 그럼 현역전선에서 활동하는 실제 전문상담사들의 존재는 어떻게 되는 것인가? 그들이 갈고 닦은 지식과 힘들게 노력한 시간들은 또 어떻게 되는가? 그렇게 쉽게 배우고 딴 자격증이 어떻게 그 사람의 기술을 증명할 수 있는지 의문이다. 어설픈 위로 따위 해주고, 내담자의 심리와 상태를 대충 얕은 지식으로 끼워 맞춰서 얘기하며 혈액형 테스트 수준의 성격분석을 한다. 심리학도들 중에서 이걸 배우고 싶다고 하는 분들이 더러 있었는데 추천하지 않았다. 심리상담을 하고 싶다면 심리학 혹은 인문학, 즉 학문을 배워야지 왜 점치는 법을 배우려 하는지 모르겠다.

90년대인지 2000년대 초반인지 기억은 잘 안나지만 그 당시 일어났던 사건을 혹시 기억하는가? 미용실에서 불법으로 쌍꺼풀수술을 하는 의료행위가 전국적으로 암암리에 유행을 해 꽤 많은 곳에서 적발된 적 있었다. 의학, 즉 의술과 관련된 학문이라곤 하나도 배운 적 없는 사람들이 마취 주사를 놓고 사람의 살을 절개하고 꿰맸다. 과연 이렇게 야매로 쌍꺼풀수술을 한 이 미용사들을 '의사'라고 부를 수 있을까? 반대로, 미용사와 성형외과의사 이 두 직업이 단순히 '미용' 즉, 외모를 아름답게 보이게하고 가꾼다는 그 목적성과 동질성, 유사성으로 동일시 취급된다면 성형외과의사는 미용사인가? 헤어스타일을 바꾸기 위해 성형외과를 가는가? 타로와 심리상담의 관계도 똑같은 이치라고 생각한다.

나는 이걸 상담이라고 생각하지 않는다. 점의 내용과 해석을 토대로 질문자에게 필요하지 않을까 싶은 어드바이스 정도는 해주지만 전문적인 상담과는 다르다고 생각한다. 질문자를 심리학적으로 분석하고 어떠한 처방도 해줄 수가 없다. 나는 상담사가 아니라 점쟁이다. 상담의 기능이 있을 순 있지만 점을 보고 난 뒤 홀가분해지고 고민이 해결된 것 같은 기분을 느낀 사람들이 '상담을 받은 것 같다'라고 여기는 것이다. 그런 사람들의 수요와 욕구들이 늘어남에 따라 변질된 것이라 생각한다. 그저 대면을 하고 대화를 나누고 이야기를 들어준다는 이유로.

## Q. 타로로 사람의 성격을 파악할 수 있는가?

A. 없다. 물론 4원소설을 기반으로 성격/성향을 분류하긴 한다. 특징이라던가 행동패턴, 마음가짐 등을 유추해 볼 수는 있지만 그것을 꼭 그 사람의 성격/성향이라고 단정지어 말할 수는 없다고 생각한다.

자기 자신이 어떤 사람인지, 어떻게 살아왔고 어떻게 살고 있고 어떻게 살아가고 싶은지를 모르는 사람들이나 각종 SNS와 커뮤니티에 떠돌아다니는 근본 없는 성격테스트, 심리테스트에 빠지고 자신을 그렇게 일차원적으로 규정짓고 그게 자신의 전부인양 받아들인다. 사람은 입체적이다. 이런 말도 안 되는 헛소리들로 자신과 타인을 규정짓고 의지하며 자신과 타인을 잘 아는 것처럼 말한다. 혈액형 테스트만 봐도 얼마나 말도 안되는 개소리인지 알 수 있지않은가? 많은 사람들이 타로를 가지고 성격을 파악하고 심리테스트 같이 얘기하는데 아무 짝에 쓸모없다. 사람의 성격은 선천적이든 후천적이든 그 사람이 가진 기질 중 주로 드러나 보이는 것이고 타인에게 상대적인 영향을 준다. 사람의 성격은 피상적으로 판단하고 분류하는 것이 아니라 그냥 겪는 것이다.

**Q. 신기 혹은 그런 영적인 힘과 관련이 있나?**

A. 없다. 일부 신내림을 받은 분들이 점치는 도구로 활용하는 경우는 봤지만 타로점을 보는 사람들이 신기가 있어서 이 일을 하는 것은 아니다. 해석을 하는데 필요한 것은 뇌의 지식 활동이지 영적인 힘과 관련 없다고 생각한다.

**Q. 영적인 힘과 관련이 없다면 타로를 볼 때는 어떤 힘이 필요한가?**

A. 아주 아주 아주 약간의 관찰력. 그리고 사람과 타인과 세상을 이해하는 힘.

**Q. 눈에 보이는 않는 힘(?)을 통해 미래를 본다는 점에서 타로와 신점은 무슨 차이가 있나?**

A. 신점에 대해서 잘 모르지만 영적인 세계, 영적인 힘을 사용하는 걸로 알고 있다. 하나의 장면이 눈에 보이거나 머릿속에 떠오르거나 혹은 귓속에서 누가 속삭이기도 한다고 들었다. 하지만 타로는 그런 힘(?)이 필요 없다. 나도 그런 힘이 전혀 없다. 두 눈과 뇌와 입만 멀쩡하면 된다. 수학문제 풀 듯 의미를 조합

하고 해석하고 상황을 묘사해 내가는 서술력이 필요하다. 영적인 힘이 아닌 말과 단어의 응용력, 표현력을 활용하는 게 다르다고 말할 수 있겠다.

**Q. 그림의 의미를 해석한다는 것은 이해가 된다. 그렇다면 특정한 그림이 골라지게 되는 힘(?)이 무엇일까?**

A. 그런 힘은 없다고 생각한다. 카드를 뽑는 건 정말로 그냥 '랜덤이라고 생각한다. '잘 뽑히는 카드가 따로 있고 특정 카드는 잘 안 뽑히는 카드라서 특별하다'는 말을 방송에서 들은 적이 있는데 난 그런 의미부여는 하지 않는다. 모르는 사람 귀엔 얼마나 그럴싸하고 신기하고 호기심을 불러일으키는 말이 되겠는가?

그냥 우연 아닐까? 로또도 그냥 통계를 내봤는데 '어떤 번호가 좀 더 빈도수가 많았더라'인거지 잘 뽑히는 번호라던가 그 번호가 특별해서 그렇게 된 건 아니라고 생각한다. 그런 힘, 에너지, 다 상술이고 쇼맨쉽이고 일종의 징크스 같은 행위의식들이지 실제론 증명할 수 없는 것들이다. 어떤 업자들은 카드를 읽기 전에 무슨 의식을 한다거나 하는데 개인적으로 사이비종교와 다를 바 없다고 생각한다.

**Q. 타로카드를 해석 할 때 상대방의 말에 의지하여 혹은 느낌으로 해석하기도 하는가?**

A. 상대방 말에 의존한다면 그냥 그걸 기반으로 조언해주면 된다. 질문자가 구구절절 속사정, 속사연 다 얘기해버리면 그 안에서 이미 답이 나온다. 그럼 나는 "답이 다 나왔네요."라고 말한다. 그래서 최소한의 필요한 질문으로 해석하고 카드의 내용에 집중한다.

**Q. '자신이 듣고 싶은 말'을 듣길 원하는 손님들이 꽤 많을 것 같다. 이런 경우 솔직하게 말을 하는지, 아니면 손님이 원하는 바에 맞추어 주는지?**

A. 대답을 해줄 때는 거짓말을 하면 안 된다고 생각한다. 그냥 비위 맞춰주고 좋은 얘기만 해주면 나갈 때야 기분 좋게 나가고 재방문하겠지만 그건 손님을 꾀는 상술이라 생각한다. 그걸로 돈 버는 업자나 그런 얘기만 들으려고 방문하는 손님이나 똑같은 수준이다. 예쁜 말로 포장된 포장지가 벗겨지면 그 역할 끝난다. 삶이 항상 장미빛일 수 없다. 좋은 일이 있으면 좋지 못한 일도 겪는 법이다.

질문자가 만일 사업에 대해서 물었는데 '손해 본다,

망한다, 잘 되지않는다'고 나왔다. 근데 그저 기분 좋게 만들어서 또 오게 만들려고 "대박날거에요, 번창할거에요, 완전 잘 될 거에요, 돈방석에 앉을거에요."라고 말한다면 그 사람이 사업에 실패를 해서 인생을 망치게 되는 건 책임질 수 있는가? 사업에 실패할 가능성이 높다면 시작을 미루거나 좀 더 신중해지도록 조언을 해야 하는 게 질문자의 인생에 정말로 도움을 주는 것 아닌가? 그런 사탕발림을 좋다고 믿는 사람들도 무식한거다. 이건 점을 봐주는 것도 아니고 상담도 아니다. 거짓부렁과 사기다. 심지어 어떤 업자들은 수강생을 가르칠 때 무조건 좋게 얘기하라고 가르치는 사람들도 있는데 나는 이 부분에 대해서는 냉정해져야 된다고 생각한다.

## Q. 다른 타로마스터(?)들과 차이점은 무엇이라고 생각하는가?

A. 젊고 남자인거? 모르겠다. 사실 다른 분들이 어떻게 일하는지 잘 모른다. 가 본 적도 잘 없고. 내 스타일의 장점이자 단점이라면 직설적으로 가감 없이 말하는 것이다. 군더더기 없이 말한다. 그게 차이라면 차

이일수도 있겠다. 구구절절히 말을 하지않는다. 딱 요점과 포인트를 말해준다. 사실 그 이상 말을 많이 할 것도 없고.

## Q. 본인도 본인의 점을 직접 보는가? 아니면 다른 전문가를 찾아가나?

A. 쉐프도 자기 음식은 자기가 해 먹는다. 똑같다. 내가 궁금한 걸 왜 직접 못 보겠나.

## Q. 일하면서 정말 짜증나고 불쾌한 순간이 있다면?

A. 정신 나간 인간들이 방문하면 소금을 확 치고 싶다. 그리고 남자가 이런 일 하는 게 불편하다고 나갈 때.

## Q. 일을 하면서 나의 행복지수는?

A. 낮아지고 있다. 현재는 100점 만점에 50점? 49점쯤? 더 이하일지도 모른다.

## Q. 가장 기억에 남는 손님은 누구인가?

A. 농인 두 분이 기억난다. 부부였다. 노트에다가 대화를 적어가며 점을 봐드렸던 게 기억난다. 그 종이를

아직도 가지고 있다.

유니폼을 차려입은 경찰관 아저씨 두 분이 온 적 있었는데 승진에 대한 걸 물어봤다. 사람들이 보기엔 내가 무슨 범죄를 저질러서 수사하러 온 것처럼 보였을 것이다.

처음 보는 손님이라 생각했는데 알고 보니 초창기 일했을 때부터 나한테 쭉 왔다더라. 지금도 SNS로 소식을 보고 있다. 프랑스인 남자친구랑 같이 온 적도 있다.

아, 외국인 손님도 기억난다. 한국인 친구들 통해서 소문을 듣고 방문했었는데 나는 영어를 한마디도 못했고 그 사람은 한국어를 하나도 못했다. 그 당시엔 번역기고 뭐고 아무것도 없어서 식은 땀을 뻘뻘 흘리고 있었는데 천만다행으로 바로 뒤에서 기다리던 손님이 영어학원 강사여서 대신 통역을 해줬었다. 예비군 훈련장에서도 손님을 만난 적이 있다. 옆자리 사람이 대뜸 시내에서 타로점 보지 않냐고 묻길래 그렇다고 했더니 여자친구와 보러온 적이 있다더라. 나는 그가 기억나지 않았다. 그리고 내가 말해준대로 그 여자친구와는 얼마 후 헤어졌다고.

결혼해서 너무 행복하다고 말한 손님이 딱 한명 있었는데 지금도 행복한지 궁금하다.

이혼 후에 새 직업을 발판 삼아 새 삶을 살려고 하시는 분이 계셨는데 이 분도 어떻게 지내시는지 궁금하다.

연예인으로 추정되는 분이 한 분 있었다. 내 생각에는 그 연예인이 맞는 것 같은데 괜히 당사자가 아닐 수도 있고, 굉장히 닮은 걸 수도 있고, 또 괜히 폐가 될까봐 제대로 물어보질 못했다. 진위를 확인해보고 싶다.

## Q. 종종 손님들과 가깝게 지내곤 하는가?

A. 그렇다. 가끔이지만. 그래도 손님과 일하는 사람간의 경계는 분명히 두려고 한다. 현재도 꾸준히 안부를 주고받는 분들이 있다.

## Q. 최악의 손님은?

A. 시도 때도 없이 찾아오고 전화해서는 했던 질문, 했던 얘기, 했던 하소연, 지 답답한 거 계속 묻는 인간들이 있다. 좀 격한 표현을 써도 되는가? 정신병자들이 정말 많다. "오늘 연락하면 받을까요? 내일이 더

좋은 운인가요? 몇 시에 하는 게 좋아요?", "감기가 안 낫는 데 이 병원이랑 이 의사랑 저랑 안 맞나요?" 정말 미칠 지경이다. 먹튀도 많다. 돈 뽑아오겠다며 나간 뒤 안 온다. 어떤 무식한 인간들은 딴 집은 다 5천원인데 여긴 왜 6천원이냐며 그냥 5천원 던지고 나가는 경우도 있었다. 내가 왜 인간에 대한 혐오가 생겼는지 이해할 수 있을 것이다. 이런 무식한 인간들을 매일 만난다.

아, 그리고 최근에 10년 동안 일하면서 정말 황당한 손님을 만났는데, 대뜸 자리에 앉더니 타로카드로 'IQ테스트'를 해달라고 하더라. 황당했다. 속으로 '뭐지 이 미친 새끼는?'이라고 생각했다. "본인 IQ가 궁금하시면 IQ테스트를 시행하는 전문기관을 찾아가시는 게 '상식적으로' 좋지 않을까요?"라고 말해줬다. 그렇게 몇 번 점을 보더니 자신도 타로나 사주에 관심이 많아서 일해보고 싶다고 했다. 이런 정신 나간 미친 인간들이 업계에 정말로 발을 들이고 일을 한다. 그런 사람들을 또 추종하며 따라하는 사람들도 우후죽순 생겨난다. 정말로 사이비종교와 맥락이 같다.

**Q. 이 직업을 선택하고 회의감이 들 때는 언제인가?**

A. 감정의 쓰레기통으로 취급당할 때. 일 하느라 내 시간과 내 인생이 없었을 때. 매일 이런 외로운 사람들을 만날 때.


**Q. 사람들에게 본인의 직업이 무엇인지 말하는 것을 좋아하지 않는다고 들었다.**

A. 그렇다. 사람들과 관계를 맺다 보면 직업을 묻게 되지 않는가? 하지만 나는 남들에게 내 직업이 무엇인지 말하는 것을 별로 좋아하지 않는다. 직업을 말했을 때의 사람들의 리액션과 반응이 기분을 상하게 하기 때문이다. 신기해 하는 건 상관없다. 흔한 직업은 아니니까. "점쟁이예요. 타로점 봐요." 라고 하면 돌아오는 대답은 "그럼 지금 카드 안가지고 계세요? 지금 좀 봐주세요."라고 아무렇지 않게 말한다. 솔직히 좀 불쾌하다. "돈 내고 보실거면 봐드리죠."라고 하면 대화가 끊기고 말이 쏙 들어가 버린다. 얼마나 치사하고 야박한가. 가격이 상대적으로 5천원, 만원, 저렴한 가격이니 그 정도쯤은 그냥 쉽게 무료로 봐 줄 수 있는 거라 생각하는 걸까? 그 5천원, 만원을 벌기

위한 내 노동력은 노동력도 아닌 걸까? 아니면 무료 상담사가 내 직업이라고 들은 걸까? 만일 내가 금은 방이나 보석상을 운영하는 사람이면 아무렇지 않게 아무 보석이나 목걸이나 하나 달라고 할 수 있었을 까? 내가 인테리어 하는 사람이라면 수백 혹은 수천 이 드는 공사를 공짜로 해달라고 말할 수 있었을까? 내가 옷가게를 하는 사람이었다면 "옷 한 벌 주시면 안돼요?"라고 과연 아무렇지 않게 말 할 수 있었을 까?

**Q. 내가 가진 타로에 대한 신념이 있다면?**

A. 점에 연연해하지 말 것, 의존하지 말 것. 상술과 쇼맨 쉽으로 돈만 버는 싸구려가 되지말 것, 그저 자신의 선택에 참고할 것. 어떤 선택이든 자신의 선택을 받 아들일 것.

**Q. 이 일을 정말 그만둬야겠다는 생각을 했던 순간이 있는가?**

A. 매일 했다. 이 책의 내용에 담겨 있듯이 사람에게 질 리고 지쳤을 때마다 그만둬야겠다는 생각을 늘 했 다. '사람을 이용'한다는 것에 대해 사람들이 많이

무감각하다는 걸 느낄 때가 많다. 사람들의 잔인한 이기심을 마주할 때마다 그만두고 싶다는 생각을 했다. 무료상담소처럼 취급당할 때도 물론 그랬고.

처음 그만뒀을 때는 돈을 얻고 나머지를 잃었었다. 돈을 보고 쫓아왔고 돈도 벌었지만 나머지는 얻은 게 하나도 없었다. 그 회의감에 처음 그만뒀고, 두번째 그만 뒀을 때는 사람에 정말 질려있었다. 이번 세 번째 그만둔 것도 같은 이유다. 더 이상은 사람 상대하는 일은 하고 싶지 않다. 사람들이 타로점을 소비하는 게 그저 오락성으로 변질되었고 업자들도 이상한 사람들이 많아짐을 느껴서 업계가 망할 것 같아 망하기 전에 발을 뺐다. 그리고 다른 직업을 갖고싶었다. 삶의 변화가 너무너무 필요한 시점이라서 과감하게 때려치웠다.

**Q. 반대로 이 일을 계속하고 싶다는 생각을 했던 순간이나 다시 일을 하게 된 계기, 사건 같은 게 있었나?**

A. 처음 일을 때려치우고 쉴 때였다. 이 일을 다시 할까말까 고민을 하고 있었을 때였는데, 우연찮게 만난 지인이 "형의 정서를 좋아해주는 사람들이 있잖

아요."라고 말해 준적이 있었는데 이상하게도 그 말 한마디 울컥했다. 그 말로 인해 다시 일할 용기를 얻었다. 내가 도움이 된다고 생각하면 뿌듯하다. 어떨 때는 내가 사람들로부터 치유 받는 경우도 있으니까.

그 후 예전에 같이 일했던 사장님 부탁으로 하루 알바를 한 적이 있었다. 사람들을 피하고나서는 다시 일을 하고 말을 하는게 내키질 않았다. 아무 말도 하기 싫고 누군가의 사정에도 공감하기 싫었었다. 그 날의 첫손님이 나보고 이 일을 계속 해줬으면 한다고 말했었다. 자리를 뜨시면서 점 잘 봤다고, 또 오겠다고 말했었는데 그 말이 또 용기가 되었다. 게다가 아무렇지않고 자연스럽게 일하는 내 모습에 놀라기도 했다. 그리고 한 달 뒤에 새로운 곳에서 다시 가게를 오픈했다.

## Q. 이 일을 10년 가까이 계속했던 이유가 있다면?

A. 모든 일엔 장단점이 있지않나. 장점도 겪고 단점도 다 겪었다. 좋아서 계속 일을 했던 것도 있지만, 나의 유일한 수입원이었다. 배운 게 도둑질이다. 그렇다,

언제든지 떠날 마음의 준비는 되어있었다. 그래도 누군가에게 도움이 되지 않을까? 도움이 필요한 사람이 있지 않을까? 라는 생각으로 이 일을 계속 했었다.

**Q. 다시 과거로 돌아간다면 이 직업을 선택할 것인가? 선택하지 않는다면 무엇을 해보고 싶은가?**

A. 안하고 싶다. 다른 인생을 살아보고 싶다. 방황하지 않고 내가 원하는 선택을 하는 삶을 살고 싶다. 만일 다시 이 일을 선택한다면 이 직업을 인정해주고 생각을 하면서 점을 보는 사람들이 있는 곳에서 일하고 싶다. 아니면 처음 일을 그만뒀었던 그 때, 정말로 그만 두는 선택을 할 것이다.

해보고 싶은 건 많다. 디자인 공부를 했었을 땐 재봉사가 되어 샤넬에 입사하는 게 꿈이었다. 그 외에도 손으로 만드는 걸 좋아해서 공예쪽으로 일을 해보고 싶다. 쥬얼리 디자인이나 자수, 시계제작, 라탄공예, 자개공예, 스테인드글라스에 관심이 많다. 아마 장인이 될지도 모른다. 또 농부, 정원사가 되는게 꿈이었다. 소품샵이나 빈티지, 골동품샵도 해보고싶다. 방송국, 공항, 우체국에서도 일해보고싶다. 지금은 외국인에게 한국어를 가르치는 일을 가장 하고 싶다. 이렇게 독립출판물을 만드는 것도 계속 도전하고 싶다.

**Q. 감정의 쓰레기통 역할을 하게 되면서 힘들고 회의감이 들었던 걸로 아는데 그럼에도 불구하고 이 직업을 갖기 참 잘했다고 생각한 때가 있는지?**

A. 부모도, 친구도, 학교에서도, 그 누구도 가르쳐주지 않았던 것들을 배우게 된다고 말할 때. 나의 대답으로 인해서 좀 더 다르게 생각해보게 된다고 말할 때. 적절한 도움을 주었을 때. 그런 그들이 내게 고맙다고 말해줬을 때.

좋든 싫든 결국엔 내 인생과 가치관에 지대한 영향을 끼쳤다. 이런 나 또한 이 일을 하며 세상을 보는 시각이 많이 달라지고 많은 걸 배우고 느꼈다고 생각하면 이 직업을 하길 잘했다는 생각이 든다.

# 귀를 닫고
# 입을 닫고

"자, 봐봐. 이렇게 눈을 감고 태양을 바라보고 있으면 나무가 될 수 있어.
다리에선 뿌리가, 팔에서는 잎사귀가 돋아날거야.
잔인한 인간들이 네 몸뚱아리를 베어가지만 않는다면
새들과 바람과 흙과 밤엔 별들과 영원히 함께할 수 있어!"

 

처음 때려치우기로 결심했을 때 사람이 참 싫어졌었어요. 뻔하고 외로운 사람들이 싫었고 일에 대한 가치가 폄하됨을 많이 느꼈습니다. '소 귀에 경 읽기'라는 속담이 정말 잘 어울리는 사람들이었어요. 행복해지고 싶다고, 연애하고 싶다고, 잘 살고 싶다고 바라길래 도움을 주려고 했지만 결국 그들은 제 조언을 듣지도 않았고 달라지는 것도 없었어요. 행복이 아니라 행운을 바란 거죠. 그것도 점쟁이한테요. 자기 소갈머리에서 못 벗어나는 건 저라고 어떻게 해줄 수가 없어요. 신도 해결해줄 수 없는 것을 일개 인간인 제가 뭘 어찌하겠습니까.

스트레스가 계속 쌓여져 갔었습니다. 책상 하나와 사람 세 명 앉을 수 있는 공간에서 매일 10시간씩 12시간씩 일하곤 했어요. 돈은 벌었죠. 근데 제 삶은 없었어요. 매일 사람들은 똑같은 하소연을 반복했고 소 귀에 경 읽기도 반복됐죠. 사람들은 불필요한 것에 감정소모를 하며 쓰레기를 만들어내고는 사는게 힘들다며 불평해요. 정말로 도움이 필요한 손님은 몇 명 없었습니다. 그리곤 쓰레기를 처분해 줄 곳을 찾아 외로이 헤매다가 누가 감정의 쓰레기통 역할을 해주면 거기에 의존합니다.

그래도 일을 하면서 좋은 사람들을 많이 만났어요. 어떤 분들은 친구가 되기도 했구요. 제 인생은 이 일을 하기 전과 하고난 후로 나눠집니다. 다양한 사람들로부터 많은 간접경험을 했고, 처음으로 내 직업, 업(業)이라 부를 수 있는 걸 가졌고, 돈도 벌었고, 세상을 보는 시야와 제 자신을 알아가고 다듬어가는 계기가 됐죠. 무엇보다 이 일로 사람을 좋아하게 되었어요.

두 번째 때려치우기로 결심했을 땐 나도 저들과 똑같은 한 명의 인간인 것이 혐오스러울 정도로 사람이 싫어졌어요. 사람 말소리, 목소리를 듣는 게 역겨워질 정도로요. 매일을 그렇게 찌질하고, 외롭고, 갇혀진 사람들로부터 감정의 쓰레기통 취급을 받았는데 주변 지인들조차 저를 그렇게 취급하더군요. 딱 자기들 힘들때만 저를 찾아요. 그리고 하소연하고, 남자친구 불평, 회사 불평, 그렇게 쓰레기를 버려댔어요. 친군데 얘기 정도 들어줄 수 있는 거 아니냐구요? 지금 생각해보면 그들은 친구나 지인이었다기보다 그저 외롭고 그댈 곳이 필요한 인간들끼리 그런 동질감으로 서로 엉겨붙어 지내온 것 같아요. 서로를 외롭지 않게 해줄 방패막이였던거죠. 그래서 저는 모든 사람들로부터 도망쳤어요. 꼴 뵈기 싫은 군상들이 제 주변에도 존재하자 "사람 사는 게 아무리 다 똑같다지만 정말 이렇게만 사는 게 다일까? 이렇게 밖에 살 수 없는건가?"라는 의문이 들었습니다. 네. 정말로 인간이란 존재가 싫었어요. 더 이상은 외로운 사람들의 감정의 쓰레기통이 되고 싶지 않았어요. 무엇보다 가장 실망하고 혐오하게 되었던 건 그들이 아무렇지 않게 사람을 소모품 취급하는 것, 그걸 연애라 사랑이라 부른다는 것, 외로움, 결핍, 이기심, 위선 같은 것들이었어요. 하루에 20번씩 매일 그런 모습을 보고 듣고 퇴근 후 까지 지인들에게서 그런 모습을 봤죠. 이런 직업병을 얻고 나서 저는 남에게 내 애기를 하지않는 습관이 생겼습니다. 감정의 쓰레기통으로 취급당하는 게 얼마나 고통스러운지 잘 알기에 누군가를 감정의 쓰레기통으로 취급하고 싶지 않아요. 듣지도, 말하지도 않게되었죠. 제 자신도 인간이라는 게 정말 더럽게 느껴졌어요. 그렇게 이 일을 하면서 사람을 싫어하게 됐어요.

석 달 열흘을 그렇게 집 안에만 있었어요. 인생에서 가장 평화로운 시간이었죠. 마트에 먹을거리를 사러갈 때와 쓰레기를 버리러 갈 때 말고는 집 안에서 조용히 지냈어요. 친구들도 만나지 않았어요. 인간의 육성을 듣는 게 너무 싫었거든요. 새소리, 바람소리, 햇살, 분주한 배달원의 오토바이 엔진소리, 아랫집에 사는 집주인이 대문을 여는 소리 말고는 아무 것도 들리는 게 없었어요. 그러다 석 달 열흘이 곧 일 년이 되더군요. 관계를 전폐하고나니 세상이 그렇게 평화로울 수가 없었어요.

알아요. 사람은 상대적이라는 거. 제가 늘 하는 말이거든요. 사람은 상대적이라고. 좋은 사람이 있으면 나쁜 사람도 있고, 나쁜 사람이 있으면 또 좋은 사람도 있다는 거. 좋은 사람도 누군가에겐 쓰레기같은 인간 될 수 있고, 나쁜 사람도 누군가에겐 호인이 될 수 있다는 거. 근데 사람에 대한 희망을 갖고 싶지 않더라고요. 갤 가 돗 주연의 영화 「원더우먼」을 보셨나요? 제가 겪었 던 인간에 대한 회의감과 갈등을 원더우먼도 똑같이 겪 습니다. 원더우먼처럼 다시 사람에 대한 믿음을 찾을 수 있을까요? 사실 구석 어딘가에서 그런 믿음이나 희망 같 은 걸 찾고 싶은 건지도 모릅니다. 그래도 세상엔 좋은 사람들이 더 많을 거란 생각으로 다시 일을 시작했지만 채 1년을 채우지 못하고 저는 다시 떠났습니다. 이번엔 정말로 끝이에요. 사람 사는거 다 비슷하고 똑같다고 했 던가요? 네, 여전히 비슷하고 똑같더군요.

제 삶의 변화가 너무나 필요해졌어요. 일반적이고 보 편적인 사고에서 벗어나 스스로 생각할 줄 알고 세상을 다르게도 볼 줄 아는 사람들이 필요해졌어요. 하지만 사 람들은 남들이 생각하는만큼 생각하고, 남들이 사는 걸 따라하며 살아요. 더 이상은 이런 외로운 사람들 틈바구 니에서 살고 싶지않습니다. 사람에게 받은 상처는 사람 으로 치유된다 했던가요? 하지만 저는 여전히 말 못하는 식물들이 더 좋아요. 최소한 그들은 어떤 식으로든 폭력 을 휘두르진 않을 테니까요.

외로움을 위한 소모품 취급하는 연애, 난 되고 넌 안 된다는 위선, 내로남불, 끝까지 자신을 위해 연애하는 사람들, 동행을 알지 못하는 사람들, 남존여비 사상이 당연한 남자친구, 손 하나 까딱안하고 여왕대접 받으려하는 여자친구, 돈만 안뜯었지 꽃뱀/제비와도 같은 속물 근성, 사랑이 아닌 결혼을 해치우기 위한 결혼, 낮은 자존감, 찌질함, 애정결핍, 관종, 사회성부족, 인성부족, 머리쓰고 재며 연애하는 걸 진지한 연애라고 말하는 사람들, 이해타산적인 연애, 이겨먹을려는 연애, 유치한 심리테스트로 끼워맞추는 연애방식, 관계가 아닌 자기만족을 위한 연애, 상대방 입장 따윈 없고, 희생을 당연히 여기는, 진심을 준적도 없으면서 진심을 바라는 모순, 역겨운 피해자 코스프레, 자기방어, 자기합리화, 자신은 가해자가 될 일 없다는 생각, 자기 관념에만 끼워맞추는 편협함, 사람을 편견과 선입견으로 보는 시선, 자격지심, 열등감, 정체성 없이 살아가는 사람들, 소외감, 동질감, 소속감에 대한 결핍

이 모든게 제가 10년동안 매일 20번씩 보아왔던 모습들입니다. 여러분들은 견딜 수 있으십니까? 저런 마음가짐을 가진 사람들이 매일 매일 여러분들을 감정의 쓰레기통으로 취급한다면?

상담사 선생님이
"정말 힘드셨겠어요."라고 말해주셨을 때
괜찮다고 말하지도 그렇다고 동조를 하지도 않았다.
애써 담담했던 것은 여전히 아팠기 때문일 것이다.

나를 치유하기 위함이었지만
바르면 덧나고 덧나고 끝내 터지는
그리고 다시 바르는 고행을 매일 반복한다.

누군가는 이런 내가
더 이상 아프지 않았으면 하고 바랬지만

이미